30 MINUTES POUR SURVIVRE

Du même auteur chez #AM :

30 minutes pour survivre – L'attaque du robot géant

30 minutes pour survivre – Dans l'enfer de Fortnite

Ce livre est une œuvre de fiction et n'est pas un produit officiel EPIC GAMES, ni un produit approuvé par ou associé à EPIC GAMES.

Un texte d'Olivier Gay
basé sur un concept de Jack Heath,
auteur de la série *Countdown to Danger*,
publié avec la gracieuse autorisation de Scholastic Australia Pty Ltd.

22, rue Huyghens, 75014 Paris
www.albin-michel.fr

OLIVIER GAY

30 MINUTES POUR SURVIVRE

LA FORTERESSE DU FOU

Albin Michel Jeunesse

30:00

Tu ouvres péniblement les yeux. Tu as l'impression de te débattre dans du coton, et tu mets un peu de temps à comprendre ce qui se passe. L'oreiller sous ta tête n'a pas la texture habituelle, et la couette qui te recouvre est bien plus épaisse que la tienne.

Tu te demandes si tu es encore en train de rêver. Petit à petit, la conscience te revient, et avec elle la peur.

Ce n'est pas ton lit. Ce n'est pas ta chambre.

Ton regard se promène sur des murs blancs, un plafond alourdi par des moulures, un épais tapis sur un parquet de bois précieux, un placard, un grand bureau, un lustre qui se balance au-dessus de toi. Ça n'a pas de sens !

– Au secours ! essaies-tu d'appeler.

Les mots peinent à sortir de ta bouche, engourdie, comme si tu sortais d'une anesthésie chez le dentiste. Tous tes membres sont lourds, et tu as du mal à bouger.

Gagné par la panique, tu tentes de te lever. Au bout d'un temps qui te paraît infini, tes muscles acceptent de t'obéir, et tu tombes du lit pour atterrir sur le parquet.

– Aïe !

Ça, c'est fait. Allongé par terre, tu attends que la pièce cesse de tourner, puis tu te relèves en t'appuyant sur le bureau. Cette faiblesse n'est pas normale. Il n'y a qu'une seule explication : on t'a drogué et enlevé. La dernière chose dont tu te souviennes, c'est d'avoir quitté ta salle de classe pour rentrer chez toi ; ensuite... plus rien. Tu portes toujours tes vêtements, mais tes poches ont été vidées.

Maintenant que tu es debout, tu observes les lieux plus en détail : une fenêtre munie de barreaux donnant sur l'extérieur et une épaisse porte de métal pour unique issue. À en juger par la semi-pénombre dans la pièce, il doit faire nuit noire dehors.

Sur le bureau se trouve un ordinateur de dernière génération.

Machinalement, tu bouges la souris, et l'écran de veille disparaît, remplacé par une image que tu connais bien...

L'écran de connexion de Fortnite !

Encore un peu hébété, tu fixes longuement le logo, qui t'est si familier. Après tout, c'est ton jeu préféré. Il te prend beaucoup de temps, en solo ou avec des amis. Tu y joues le soir, parfois la nuit, et tu es plutôt doué : tu as déjà fini plusieurs fois top 1 et tu t'es même mis à streamer certaines parties sur Twitch. Bon, tu n'as pas énormément d'abonnés pour l'instant, mais ça va venir.

Bref, à part l'écran, rien dans cette pièce ne te parle. Qu'est-ce que c'est que ce bazar ?! Où te trouves-tu ? Qui t'a enlevé ? Et pourquoi ? Ta famille n'est pas riche, personne ne pourra verser de rançon !

Il faut absolument que tu sortes d'ici. Oui, mais comment ?

Si tu décides de fouiller la pièce, à la recherche d'objets utiles pour t'échapper, va à la page 8.

Si tu préfères examiner la porte et les barreaux de la fenêtre pour voir si tu peux t'enfuir, rends-toi à la page 11.

27:40

Dans Fortnite, mieux vaut s'équiper avant de partir au combat. Là, c'est la même chose. Tu ne sais pas où tu te trouves, mais tu te doutes que le moindre objet pourra t'être utile. Tu allumes la lumière et te lances dans une fouille énergique de toute la pièce.

Tu ouvres tous les tiroirs du bureau, mais ils sont vides. Tu y passes ta main, à la recherche d'un double fond, sans succès. Tu regardes sous le lit, secoues l'oreiller, palpes la couette, mais tu restes bredouille.

Déterminé, tu ouvres le placard, mais il est vide, lui aussi. Plusieurs cintres se balancent sur un rail, et tu ressens une poussée d'adrénaline... qui retombe lorsque tu constates qu'ils sont en plastique – autant dire qu'ils ne te serviront à rien.

Ton dernier espoir, c'est le tapis. Tu le soulèves d'un geste brusque...

Rien, là encore.

Déprimé, encore nauséeux, tu te laisses tomber de tout ton long sur le parquet, les bras en croix, et tu fixes le lustre qui pend au-dessus de ta tête.

Soudain, tu fronces les sourcils. Quelque chose cloche. La lumière du lustre éclaire toute la pièce, mais il y a une ombre suspecte dans un coin. Tu te précipites pour regarder de près le parquet, au cas où il s'agirait plutôt d'une tache, mais il est impeccable, tout à fait normal.

Ce qui signifie que l'ombre doit venir d'en haut !

Tu prends la chaise du bureau et montes dessus pour examiner le lustre avec attention. En levant les bras au maximum, tu arrives à tâtonner autour des bougies, et soudain ta main se referme sur un objet étrange. Voilà ce qui bloquait la lumière !

Le cœur battant, tu redescends de la chaise avec ton butin. Tu tiens dans ta main un tournevis cruciforme tout simple, mais dont le manche est entouré d'un morceau de papier. Tu le déplies et plisses les yeux pour parvenir à lire l'écriture en pattes de mouche :

J'ai perdu la partie. Il va venir me chercher et je n'y survivrai pas. Pourtant, j'étais à deux doigts de m'enfuir grâce à ce tournevis. Qui que tu sois, j'espère qu'il te sera utile. Pour moi, c'est trop tard. Tout ça à cause de Fortnite. Si j'avais su !

Il n'y a pas de signature, mais l'auteur de ce message était pressé et agité : à plusieurs endroits, son stylo a percé le papier. Ton angoisse monte encore d'un cran. Que se passe-t-il ici ?

Tout à coup, tu entends des bruits de pas dans le couloir. Sans réfléchir, tu glisses le tournevis dans ta poche, tu fais une boule du bout de papier et la fourres dans ta bouche, comme tu l'as vu faire dans les films d'espionnage. Tu mâches le papier avec application et l'avales juste à temps.

La porte s'ouvre !

Note que tu as trouvé un tournevis, puis va à la page 13.

27:40

Tu ne sais pas ce que ton kidnappeur te veut, mais probablement rien de bon, à ton avis. Et tu n'as pas l'intention de moisir ici.

Tu colles ton oreille à la porte et écoutes, l'espace de quelques battements de cœur. Tu n'entends pas un bruit, et tu oses finalement tourner la poignée.

Bien sûr, rien ne se passe. La porte est verrouillée, tu t'en doutais, mais ça valait la peine de commencer par le plus facile.

Tu examines les gonds avec plus d'attention. Il s'agit de panneaux de métal qui jurent avec la décoration très luxueuse de la pièce. Cette porte a été installée exprès pour que personne ne s'enfuie, et tu sais déjà que tu ne pourras jamais l'enfoncer. Tu es dans une prison dorée, certes, mais une prison quand même.

En désespoir de cause, tu abandonnes la porte pour t'intéresser à la fenêtre. Les barreaux aussi ont été conçus pour rendre impossible toute évasion : trop épais pour que tu puisses les briser, trop étroits pour que tu parviennes à te glisser entre eux. Sans grande conviction, tu prends le premier dans tes mains et tu tires de toutes tes forces pour essayer de le desceller du mur.

Échec total.

Tu t'écartes de la fenêtre, quand tu aperçois soudain un reflet de lumière sur le parapet à gauche de la vitre. Curieux, tu te penches au maximum et tu étends ton bras entre les barreaux. Comme il te manque quelques centimètres, tu te tortilles pour réussir à avancer tes doigts petit à petit.

Soudain, tu effleures quelque chose. Encore un petit effort, et tu parviens à rapprocher ta prise.

Si tu espérais faire une découverte incroyable, tu en es pour tes frais : il ne s'agit que d'un paquet de cigarettes et d'un briquet, qu'un ancien prisonnier a dû cacher là pour fumer à la fenêtre.

Tu jettes le paquet à la poubelle et entends alors des pas dans le couloir, qui s'arrêtent devant ta porte.

Une clé tourne dans la serrure, et tu as juste le temps d'empocher le briquet – qui sait, peut-être te sera-t-il utile plus tard ? – avant que la porte ne s'ouvre.

Note que tu as trouvé un briquet et rends-toi à la page 13.

24:40

Un homme apparaît dans l'embrasure de la porte. Grand, musclé, il porte un costume noir impeccable et une oreillette. Il ressemble à tous les hommes de main que tu as pu voir dans les films. Surtout, il braque un revolver sur toi et il n'a pas l'air de plaisanter. Sans hésiter, tu lèves les mains en l'air.

– Le boss veut te voir, grogne-t-il d'une voix désagréable. Alors tu viens et tu te dépêches.

– Quel boss ? Où suis-je ? demandes-tu.

– Quel mot t'as pas compris dans « tu te dépêches » ?

Il te fait signe de sortir avec le canon de son arme, et tu obéis, le cœur battant. C'est un vrai revolver ! Dans quoi t'es-tu fourré ?

Tu te retrouves dans un long couloir flanqué de dizaines de portes, comme celui d'un internat ou d'un hôtel. En tout cas, tout ici respire l'argent et le luxe. De grands tableaux sont accrochés aux murs, et un épais tapis rouge étouffe le bruit de tes pas.

Poussé par l'homme de main, tu continues ton chemin et traverses une galerie de statues en marbre. La plupart datent de l'époque romaine et représentent des sénateurs en toge ou des gladiateurs en cuirasse, mais d'autres sont plus récentes – bien plus récentes, même.

Tu reconnais sans difficulté certains skins de Fortnite. À gauche se trouve une femme avec une bouée licorne dans le dos. À côté d'elle se tient la statue d'un homme coiffé d'un béret vert et portant un bandeau sur l'œil. Un autre est vêtu d'une combinaison de cosmonaute toute blanche, avec un casque sur la tête.

Oui, tu connais bien ces skins, tu en as même acheté certains. Tu sais, par exemple, que le dernier s'appelle Fonceur, et tu l'as toujours trouvé stylé. Mais qu'est-ce que ces statues font ici, au milieu d'antiquités ?

– Vous jouez à Fortnite ? demandes-tu à ton gardien pour engager la conversation.

– Moi pas. Le boss, oui, répond l'homme d'une voix sombre. Allez, avance, ne le fais pas attendre. Tu n'aimerais pas qu'il soit de mauvaise humeur.

De plus en plus inquiet, tu continues ton chemin à travers des halls tous plus grands les uns que les autres. Tu essaies de te faire une idée du trajet que tu as emprunté, mais le stress et la dimension des pièces rendent la tâche difficile. Si tu ne te trompes pas, cette maison doit faire plusieurs milliers de mètres carrés. Ce n'est pas un manoir, mais un vrai château !

Tu tournes à droite en suivant les instructions de ton gardien et, soudain, tu entends un brouhaha de conversations au loin. Plus tu avances, plus les voix deviennent claires.

– Allez, hop, rejoins les autres ! grogne l'homme en te poussant dans le dos avec le canon de son arme.

Tu débouches dans une grande salle de bal, qui t'aurait paru encore plus immense si elle n'avait pas été surpeuplée d'adolescents. Des garçons et des filles de ton âge, certains un peu plus jeunes, d'autres un peu plus vieux, qui ont l'air aussi perdus que toi. Ils ont beau parler à mi-voix, le mélange de leurs discussions génère un vacarme incroyable.

Obéissant, tu te mêles à la foule. Ton gardien hoche la tête avec satisfaction, puis va s'installer sur un escalier à côté d'autres hommes habillés comme lui.

Tu te rends compte aussitôt que tu te trouves dans une souricière. Les adolescents et toi êtes au rez-de-chaussée, dans la salle de bal, tandis que des armes sont braquées sur vous depuis des galeries qui la surplombent. Si jamais l'envie les prenait de faire un massacre, il leur suffirait d'appuyer sur la gâchette.

– Qu'est-ce qui se passe ? Pourquoi on est là ? interroges-tu ta voisine, une jeune fille au visage constellé de taches de rousseur.

Elle hausse les épaules. Elle essaie de paraître brave, mais tu sens sa peur.

– Aucune idée. J'étais en train de jouer dans ma chambre, et puis soudain... plus rien. Je me suis réveillée dans une chambre de ce château, et un abruti avec un flingue m'a amenée ici. Et toi ?

– Un peu pareil, admets-tu. Je ne comprends pas. Ma famille n'est pas riche, alors qu'est-ce qu'ils me veulent ?

Elle hésite une seconde, puis te demande :

– Tu joues à Fornite ?

– Hein ? Euh, oui, comme beaucoup de gens, je suppose. Pourquoi ?

– Parce qu'à mon avis, tout ça a un rapport avec le jeu. Dans ma chambre, il y avait un ordinateur connecté à un serveur privé.

Maintenant que tu y réfléchis, c'était le cas dans ta chambre. Tu n'y as pas prêté attention sur le moment, parce que tu voulais à tout prix t'échapper, mais tu te souviens de cet ordinateur posé sur le bureau.

– Ce n'est pas tout, souffle la fille en se rapprochant de toi. Tu as vu le plancher de cette salle ?

Surpris, tu baisses les yeux, et il te faut un peu de temps pour comprendre ce qu'elle veut te montrer : un dessin extrêmement réaliste recouvre la totalité du parquet. Il est difficile à examiner, avec tous ces adolescents qui se pressent en une foule informe, mais tu en reconnais soudain quelques morceaux. Une fois la connexion établie dans ton esprit, ça te paraît évident.

– C'est la map du jeu !

– Bravo, acquiesce la fille. On dirait que tu es moins bête que les autres. Je m'appelle Diane, au fait.

Tu te présentes à ton tour et elle te serre la main.

Subitement, une musique techno retentit, et la violence des basses fait trembler le sol. Tu connais très bien ce rythme : c'est la musique du bus Fortnite !

– Silence ! hurle l'un de vos gardiens en se penchant par-dessus la balustrade de la galerie. Le boss arrive !

La main de Diane se crispe dans la tienne.

Va à la page 18.

22:20

L'homme qui apparaît en haut de l'escalier n'est pas aussi grand et musclé que ses gardes du corps, pourtant il semble bien plus impressionnant. Il est vêtu d'un skin de Casse-Noisette ; et cela pourrait lui donner un air ridicule, mais personne n'ose se moquer de lui.

Les mains dans le dos, il attend que le calme se fasse. Bientôt, plus personne ne parle et tous les regards sont rivés sur lui. Il hoche la tête, avec l'air satisfait de celui qui a l'habitude de se faire obéir.

– Mes amis, bienvenue dans mon château, bienvenue dans mon univers. J'ai beaucoup de choses à vous dire et je n'aime pas être interrompu. Donc sachez que la première personne qui me coupera la parole sera impitoyablement abattue. J'espère que je suis clair.

Il attend de voir si quelqu'un va le défier, mais tous restent muets. De nouveau, il hoche la tête.

– Très bien. Je vais essayer d'être bref. Vous tous ici êtes mes prisonniers. Ne cherchez pas à vous enfuir, cet endroit a été conçu comme un labyrinthe, et mes nombreux gardes se feront un plaisir de vous remettre dans le droit chemin.

Ne comptez pas sur la police ni sur vos familles, personne ne sait que vous êtes là. Vous vous demandez probablement : « Pourquoi moi ? » Je vous répondrai : « Pourquoi pas vous ? » Mais en réalité, il y a bien une raison. Si vous êtes observateurs, vous vous en doutez déjà un peu.

Il marque une pause pour scruter vos réactions, puis continue :

– Je suis un fan absolu de Fortnite. Ma vie a changé avec la sortie de ce jeu, le 28 septembre 2017. Voyez-vous, j'ai assez d'argent pour ne pas avoir à travailler, et je peux passer mes journées entières sur ce jeu. Je peux acheter tous les skins possibles et imaginables et me payer des sessions d'entraînement avec les meilleurs joueurs du monde. Mais ça ne me suffit pas. Ça ne me suffit plus. Je vous ai choisis, vous, parce que vous êtes tous d'excellents joueurs. Certains parmi vous, les meilleurs, streament même leurs exploits sur Twitch. Il m'a suffi de hacker la base de données, de récupérer vos quatre-vingt-dix-neuf noms et de demander à mes hommes de vous enlever. Car oui, vous êtes quatre-vingt-dix-neuf. Je suppose que vous savez ce que cela signifie...

Tu serres la main de la jeune fille encore plus fort, terrorisé par le discours de ce fou furieux. Tu as toi-même du mal à déglutir. Cet homme est dangereux !

Autour de toi, personne n'ose parler, personne n'ose même respirer. Tu entends un garçon sangloter un peu plus loin, mais tu n'arrives pas à voir de qui il s'agit.

– Vous disposez tous d'un ordinateur dernier cri dans vos chambres et d'un accès à mon serveur de jeu privé, reprend Casse-Noisette. L'enjeu de ce game ? Votre vie. Les parties n'ont plus aucun intérêt pour moi si elles ne sont pas pimentées par une dose de terreur. Le joueur qui finira top 1 restera en vie et pourra choisir de rentrer chez lui ou de rester avec moi en tant que conseiller personnel – très bien payé. Les autres... eh bien, nous n'en entendrons plus jamais parler.

Cette fois-ci, malgré les consignes du milliardaire, un brouhaha de protestations s'élève parmi tes voisins. Les poings se serrent, les visages se figent alors que vous comprenez votre situation. Un seul survivant parmi cent... c'est impossible !

Tu regardes tes voisins et tu reconnais quelques joueurs dont tu as visionné les vidéos. Ils sont probablement bien meilleurs que toi. Oui, tu as déjà fait des top 1, mais ça ne signifie pas que tu en seras de nouveau capable dans ces conditions et face à de tels adversaires !

Un homme tire en l'air, et sa balle va se loger dans le plafond. La détonation est si bruyante que tous les cris cessent d'un coup.

– J'ai déjà dit que je ne tolérerais pas de rébellion, déclare le milliardaire, une fois le silence revenu. Vous voulez survivre ? Alors parlez moins et jouez plus. La partie va commencer dans quelques minutes, vous n'avez donc pas de temps à perdre. Mes hommes vont vous escorter. Ce sera tout.

Il pivote sur lui-même pour partir, mais s'arrête soudain et ajoute, malicieux :

– Ah oui, j'ai oublié de vous prévenir : le centième joueur, c'est moi. Si vous voulez finir top 1, il faudra donc me vaincre, moi aussi. Bonne chance !

L'écho de ses paroles se réverbère dans la grande salle alors qu'il disparaît derrière une lourde porte de bois. Les gardes agitent leurs armes de manière menaçante pour vous regrouper comme des animaux qu'on mènerait à l'abattoir.

– Allez, en rang par dix, et plus vite que ça !

Une confusion totale s'empare des joueurs : ils se dévisagent, traînent les pieds, pleurent ou cherchent un moyen de fuir.

Si tu décides de profiter de la cohue pour provoquer une révolte, va à la page 165.

Si tu préfères jouer le jeu pour l'instant, rends-toi à la page 51.

04:40

– C'est possible de se connecter à son canal Discord ? demandes-tu à Diane.

– Je ne sais pas. Pourquoi cette question, tout à coup ?

– J'ai peut-être une idée. Si on a tous le logiciel installé, il doit l'avoir aussi, non ?

L'adolescente ne te répond pas, et tu penses un instant avoir perdu la connexion, mais soudain elle pousse un cri de victoire.

– C'est bon, je sais comment me connecter à son identifiant !

– Comment t'as fait ?

– Toi, tu t'occupes du plan d'ensemble, moi, des aspects techniques !

Tu ne t'attendais pas à ce que Diane se révèle aussi douée devant un ordinateur. Ton respect pour elle monte encore d'un cran alors que tu te retrouves déplacé dans une nouvelle chatroom.

– Qui est là ? demande une voix pincée, que tu as déjà entendue au début de ton aventure, lors du briefing.

– Double Zéro, réponds-tu pour t'identifier.

– Et Tête de Tomate, ajoute Diane.

Le milliardaire marque une pause, avant de poursuivre.

– Bravo, vous vous êtes bien battus. Nous sommes les trois derniers joueurs. Il est temps de terminer cette partie, maintenant.

– Vous vous battez bien aussi, affirmes-tu. J'ai été impressionné en vous regardant jouer.

– Vraiment ? dit l'homme, flatté.

– Vraiment. À un moment, vous avez géré deux adversaires en même temps, et vous vous êtes servi d'une grenade et d'un trampoline pour arriver derrière eux. Je n'en aurais pas été capable.

– Eh bien, j'ai eu d'excellents professeurs, se rengorge le milliardaire. Merci pour ce compliment.

– Et tout à l'heure, vous avez aussi parfaitement timé votre construction pour rejoindre le sniper qui vous menaçait.

– Arrêtez, vous allez me faire rougir, ricane l'homme, très content de lui.

– Puisque vous êtes si fort, pourquoi trichez-vous ?

Un silence de mort s'abat sur Discord. Finalement, le milliardaire reprend, d'une voix glaciale :

– Je vous demande pardon ?

– Tout le monde a remarqué que votre bouclier possédait bien plus de 100 points. Je comprends que ça ait pu vous être utile au début mais, désormais, vous n'avez plus rien à prouver. Vous ne voulez pas gagner à la loyale ? Vous n'en êtes pas capable ?

– Bien sûr, que j'en suis capable ! rugit le milliardaire.

– Dans ce cas, pourquoi ne pas l'enlever ?

– Je...

– De toute façon, vous allez nous tuer. Ça ne vous intéresse pas de connaître votre vrai niveau ?

– Quel intérêt, puisque que je vais gagner ?

– Quel intérêt, de gagner en trichant ? Vous pouvez gagner SANS tricher !

De nouveau, le silence. Lorsque le milliardaire reprend la parole, sa colère a disparu, remplacée par une note d'amusement.

– Pourquoi pas, après tout ?! Voyons ce que ça donne... Je vais remettre les paramètres du jeu à leur niveau normal.

Tu entends ses doigts pianoter rapidement sur les touches, puis sa respiration, soudain précipitée.

– Voilà. Et maintenant...

Tu ne le laisses pas finir sa phrase. En parfaite coordination, Diane et toi, vous levez vos armes et faites feu. Un double tir parfait, en plein visage. Le tien se paie même le luxe de crit. Le bouclier et la vie du milliardaire partent en fumée, et son avatar disparaît, abandonnant derrière lui tout son stuff.

– Boom, headshot, déclares-tu tranquillement.

Il t'exécutera peut-être pour cela, mais tu es ravi de l'avoir humilié devant tout le monde.

Va à la page 71 pour découvrir sa réaction.

14:46

Il y a des priorités, dans la vie, et la tienne, c'est de t'enfuir d'ici, pas de savoir d'où proviennent ces grognements effrayants. Tu leur tournes le dos et t'engages d'un pas décidé dans un nouveau couloir. Sérieusement, quelle est la taille de ce château ?! Tu as l'impression que ça fait plus de dix minutes que tu marches !

Tu ouvres discrètement une porte, puis une autre, mais elles ne donnent que sur des pièces identiques. Toutes les fenêtres sont munies de barreaux, et tu commences à perdre l'espoir de réussir un jour à t'enfuir.

Soudain, une nouvelle porte attire ton attention. À la différence des autres, celle-ci est entièrement peinte en rouge. Un écriteau « DANGER » y est accroché, et deux verrous la maintiennent fermée.

Si tu décides d'ouvrir cette porte malgré tout, va à la page 42.

Sinon continue à chercher une issue à la page 84.

04:00

– J'espère que je n'aurai pas à regretter mon choix, murmures-tu.

Tu appuies fermement sur le bouton rouge, et une sirène se déclenche. Dans un vacarme épouvantable, les barreaux des cages se lèvent. Aussitôt, les monstres se précipitent hors de leurs geôles, toutes canines dehors. L'Experte des Câlins se jette sur toi, la bave aux lèvres, et tu crois ta dernière heure arrivée, mais Ragnarök intervient et repousse ton agresseur.

– Nous avons une autre cible, déclare-t-il, la voix sombre. Casse-Noisette. Il est là, quelque part. Il faut le débusquer.

L'Experte des Câlins te regarde, furieuse, puis hoche la tête. Autour de toi, les autres monstres font claquer leurs griffes ou agitent leurs membres décharnés, mais aucun ne te touche. Avec une discipline étonnante, ils sortent de la pièce à la queue leu leu. Ragnarök est le dernier à partir. Il te fait un signe de la main.

– Merci de nous avoir fait confiance, malgré notre apparence hideuse. Je ne sais pas si on réussira à vaincre le milliardaire – il est protégé par de nombreux gardes et plusieurs systèmes de défense. Mais, au pire, cela te servira de diversion. Profites-en pour t'enfuir. Les gardes seront bien trop occupés pour se soucier de toi.

– Mais... par où ? Toutes les issues sont gardées.

En guise de réponse, Ragnarök s'avance dans le couloir et empoigne les barreaux d'une fenêtre à deux mains. Il tire puissamment, et petit à petit... tu les vois se plier !

– Ceux de ma cage étaient trop épais, mais je suis capable de tordre du métal aussi fragile, ricane-t-il. Tu peux remercier Casse-Noisette et ses expériences atroces. Il m'a changé en mutant, mais ça m'a aussi donné une force extraordinaire. Descends le mur et fuis ! Dépêche-toi !

Au moment où il va se détourner, tu l'attrapes par son gantelet, tu fixes ses yeux hideusement déformés et tu lui serres la main.

– Merci, Ragnarök.

Il se racle la gorge, ému.

– Pas de quoi. Allez, file. Moi, j'ai un Casse-Noisette à combattre. Et je peux te dire qu'il me les casse, les noisettes !

En quelques bonds, il rejoint ses compagnons dans le couloir, et tu entends leurs hurlements, leurs appels à la chasse. Tu n'as aucun doute : les gardes auront fort à faire pour les éliminer.

De ton côté, tu n'hésites pas une seconde et tu profites de cette chance qu'on te donne pour te faufiler dans l'espace libéré entre les barreaux de la fenêtre.

Le sol est à quatre mètres ; tu te laisses pendre au maximum à tes bras, pour gagner un peu de distance, puis tu te lâches. Tes jambes protestent lorsque tu atterris, et tu perds l'équilibre, mais tu n'as rien de cassé. Ouf !

Rapidement, tu te relèves et tu te dissimules dans les buissons. Tu vois passer deux gardes paniqués qui échangent quelques mots dans leurs talkies-walkies avant de rejoindre le château au pas de course.

La voie est libre !

Tu traverses la cour et arrives devant un mur d'enceinte, que tu escalades sans grande difficulté. Te voilà de l'autre côté !

Tu te reposes quelques secondes, incapable de réaliser que tu as réussi à t'enfuir, puis tu commences ta longue marche sur la route, à la recherche d'habitants et d'un poste de police.

Bien sûr, tu auras du mal à convaincre les policiers de la véracité de ton rapport sur tous les crimes commis par le milliardaire fou. Tu n'as pas la moindre preuve, et il aura largement le temps d'effacer ses traces – si jamais il survit aux bêtes enragées lancées à ses trousses.

Le plus important, pour l'instant, c'est de t'en être sorti !

00 : 00

Tu as survécu !

Sais-tu qu'il existe douze autres façons de gagner ? Recommence ton aventure depuis le début pour les découvrir.

19:00

Tu n'as aucune envie de sortir dans le couloir pour te faire abattre par le premier garde venu. Tu as conscience que tu n'as aucune autre option que de jouer, tu as confiance dans ton habileté à Fortnite et tu espères bien finir top 1 pour gagner ta liberté.

Tu prends place devant l'ordinateur au moment où le compte à rebours atteint zéro et où le jeu démarre. La rapidité de chargement t'épate. Ce milliardaire a beau être complètement fou, il connaît son affaire : le jeu n'a jamais été aussi fluide.

Malheureusement, tu ne peux pas choisir ton skin, et tu te retrouves en Double Zéro, avec une tenue de camouflage blanche, des bottes et des lunettes stylées. À côté de toi se tiennent tous les autres joueurs, chacun dans un skin différent, préalablement choisi par votre bourreau. Certains sont en Rabbit Raider ou en Tomato Head. Finalement, tu ne t'en sors pas trop mal !

D'habitude, en attendant le bus, les joueurs s'amusent, dansent, testent des armes ou sautent dans tous les sens. Là, c'est le calme plat. Chacun sait qu'il joue pour sa vie, et ça change tout. Tu regardes tes adversaires avec une nervosité croissante en te demandant lesquels seront les plus dangereux. Lesquels, parmi eux, sont les streamers ? Qui cache son jeu ?

Ton regard erre parmi tous ces ennemis, et soudain, tu fronces les sourcils. L'un d'eux porte un skin très peu joué : Casse-Noisette. D'abord parce que beaucoup de joueurs le trouvent ridicule ; ensuite parce qu'il est un peu trop voyant, avec sa veste rouge flashy à épaulettes et son chapeau impérial. Mais c'est autre chose qui a attiré ton attention : ses contours semblent flous, un peu comme s'il était impalpable, et un énorme logo orne son torse : « Top 1 forever ».

– Ma main à couper que c'est le milliardaire, murmures-tu.

Décidément, il est aussi excentrique dans le jeu qu'en dehors, et tu te méfies de lui comme concurrent. S'il s'est autant entraîné qu'il l'a dit, il sera certainement redoutable.

Vous montez dans le bus et, là encore, l'atmosphère est pesante. L'un des joueurs, sans doute par provocation, entame la danse du loser, mais le cœur n'y est pas. Tu comptes les secondes alors que le paysage familier défile sur l'écran. Il va te falloir choisir une zone idéale et réussir ton saut, car cela pourrait te donner un avantage décisif... ou constituer un handicap insurmontable.

Tu essuies une goutte de sueur sur ton front et te concentres sur l'écran. Tilted Tower apparaît à l'horizon, et plusieurs joueurs se jettent du bus. Tu hésites à les rejoindre lorsque tu entends gratter à ta porte.

Tu fronces les sourcils sans oser quitter l'écran des yeux, mais le grattement se reproduit. Comme tu restes figé sur place, il se transforme en coups légers. Il y a quelqu'un dans le couloir !

Mais peux-tu prendre le risque d'abandonner ton ordinateur à un moment crucial pour voir de quoi il s'agit ?

Si tu décides d'ignorer la personne qui frappe, saute du bus à la page 86.

Si tu préfères lâcher ton ordinateur pour aller répondre, va à la page 43.

01:10

– C'était pas une super idée, grimace Slimane en escaladant péniblement la grue.

– On y est presque, l'encourages-tu.

Malgré tes paroles, tu commences à te demander s'il n'a pas raison. Vous êtes à découvert et, malgré la semi-pénombre, les gardes ne pourront pas vous rater s'ils pensent à lever les yeux vers le ciel.

Mais tu sais que, dans Fortnite, les gens regardent rarement au-dessus d'eux (voilà pourquoi c'est si important de savoir utiliser un trampoline). Tu espères que ces hommes auront les mêmes réflexes.

Enfin, tu parviens dans la cabine de la grue et tu te laisses tomber sur le siège, épuisé. Ta fatigue se dissipe aussitôt lorsque tu vois que l'ouvrier a laissé la clé de contact, afin de reprendre les travaux dès le lendemain.

– On va pouvoir s'amuser ! te réjouis-tu.

– Euh, tu sais comment ça fonctionne, une grue ? s'enquiert Slimane.

– Pas du tout, réponds-tu. C'est ça qui est marrant !

Tu tournes la clé et, dans un grondement sourd,

l'engin se met en marche. Bien plus bas, les gardes sont enfin alertés et vous aperçoivent dans la cabine ; mais il est trop tard pour vous arrêter. L'un d'eux a beau vous viser, l'angle est si mauvais que les balles ricochent sur les poutres de métal.

– Si je tire sur ce levier, il se passera quoi ? réfléchis-tu à voix haute.

Tu joins le geste à la parole et, dans un sourd couinement, la grue commence à soulever un énorme bloc de muraille qu'elle tenait au bout de son crochet.

– En fait, c'est un peu comme un joystick, lance Slimane, les yeux brillants. Regarde, si on appuie là…

Il pousse une manette, et la grue tourne sur elle-même, entraînant son crochet avec elle. Les gardes doivent se jeter à terre pour éviter l'énorme structure de béton.

Enhardi, tu joues avec les commandes, et bientôt tu projettes l'énorme masse de pierre en plein sur les créneaux du mur d'enceinte, qui explose en morceaux. De nombreuses alarmes se déclenchent, mais tu t'en moques. Tu sais que tu as déjà été repéré. Tu actionnes le volant, et la grue se déplace lentement sur le sol inégal.

– Fais attention : si on tombe, on meurt ! prévient Slimane, inquiet.

– Si on reste sur place aussi. L'important, c'est de faire le plus de bruit et de dégâts possible.

– Pourquoi ?

– Tu vas voir...

Tu continues ton carnage pendant un moment et, soudain, tu entends dans le lointain le bruit que tu espérais depuis quelques minutes : des sirènes de pompiers ou de police. Une grue qui s'agite en pleine nuit, ce n'est pas normal, et les voisins n'ont pas tardé à les appeler.

– Et voilà ! t'écries-tu en levant le poing vers le ciel. La cavalerie arrive !

– Génial ! se réjouit Slimane.

Tu n'es pas le seul à avoir entendu les sirènes : en bas, les gardes paniquent et cessent de vous tirer dessus. L'un d'eux s'enfuit sans demander son reste tandis qu'un autre court à l'intérieur prévenir son patron.

– Et maintenant, on fait quoi ? te demande Slimane.

– On reste ici et on attend d'être sauvés, réponds-tu tranquillement.

La police arrive, et le milliardaire n'aura jamais le temps de cacher toutes les preuves de ses crimes. Tu ne vois pas comment il pourrait s'en sortir. Il va être obligé de se rendre et de libérer les autres joueurs.

Tu as survécu, et c'est une victoire totale. Épuisé,

tu te laisses glisser du siège de la grue. Quelle nuit ! Et pourtant, tout ça a duré moins d'une demi-heure !

– Dire que mes parents trouvent que je joue trop à Fortnite ! ricanes-tu. Sans ça, je n'aurais jamais pu me repérer dans cette version de Tilted Tower.

– D'un autre côté, si tu n'y jouais pas, tu ne te serais pas fait kidnapper !

– Pas faux.

Et vous restez là-haut, à vous balancer à plus de dix mètres du sol, en attendant les secours.

00 : 00

Tu as survécu !

Sais-tu qu'il existe douze autres façons de gagner ? Recommence ton aventure depuis le début pour les découvrir.

16:40

Tu décides d'emprunter un chemin que tu connais déjà, pour ne pas risquer de te perdre dans ce labyrinthe de couloirs. Tu longes le mur pour essayer d'échapper aux caméras de surveillance et progresses en crabe vers la salle de bal dans laquelle le milliardaire vous a parlé.

Maintenant que les autres joueurs et les gardes sont partis, tu te rends compte à quel point cette pièce est gigantesque. Elle pourrait presque contenir un terrain de foot ! Tu peux aussi mieux voir la carte de Fortnite qui a été gravée – eh oui, pas peinte, mais *gravée* ! – dans le plancher. Le jeu a rendu le milliardaire complètement fou ; tu n'as jamais vu personne en être aussi obsédé, même parmi tes amis hardcore gamers.

Pour l'instant, tu n'entrevois aucun moyen de t'évader du château : pas de porte de sortie et des fenêtres toutes munies de barreaux. À partir de maintenant, tu es dans l'inconnu. Tu hésites une seconde, puis prends un couloir vers le sud.

Dans cette aile, les portes se font plus rares. Tu avances

courbé en deux, esquivant un garde en patrouille, quand tu entends soudain des grognements étranges sur ta gauche.

Si tu te diriges vers la provenance du bruit, va à la page 49.

Si tu préfères t'en éloigner le plus possible, rends-toi à la page 26.

09:10

– Hors de question de te lâcher, déclares-tu noblement. On peut s'en sortir tous les deux, sans problème. Ils ne savent pas qu'on est là. Si on leur tombe dessus, on peut les neutraliser avant qu'ils ne donnent l'alerte.

– Tu es sûr de toi ? demande Diane, dubitative.

– Certain !

Vous vous approchez autant que possible, puis tu donnes l'assaut en poussant un cri de guerre. Diane te suit et essaie de frapper le second garde à l'entrejambe.

Malheureusement, tout ne se passe pas comme tu l'avais prévu. Les deux hommes sont des soldats entraînés, et ils réagissent en une fraction de seconde. Ton coup de poing parvient à sonner ton adversaire, mais il te projette sur le sol et te donne un coup de pied qui te coupe le souffle. À travers tes larmes de douleur, tu vois Diane s'effondrer aussi, puis être menottée. Le garde ramène brutalement tes poignets dans ton dos et tu sens à ton tour le contact glacial de l'acier.

– Allô ? appelle l'un des hommes dans son talkie-walkie. On tient des fugitifs !

Lorsqu'il te redresse, sans ménagement, tu parviens à apercevoir, à travers une fenêtre, la lune et un jardin à l'anglaise. Tu étais si proche du but ! La liberté vous tendait les bras mais, à cet instant, tu ne donnes plus cher de votre peau...

– Je te croyais sûr de toi, te reproche Diane.

– Je l'étais, avoues-tu avant de baisser la tête.

PERDU !

Pour retenter ta chance, retourne à la page 5.

10:40

Tu prends une grande inspiration et tu ouvres le verrou de cette pièce, avant de reculer précipitamment. Tu t'attends au pire, mais personne ne te saute dessus, et aucune explosion ne retentit. Méfiant, tu jettes un coup d'œil à l'intérieur.

Ce n'est qu'un simple cagibi, presque décevant derrière cet écriteau effrayant. Des produits d'entretien, des balais et des lingettes y sont entassés pêle-mêle.

Si tu avais réellement été dans un jeu vidéo, tu aurais sûrement su comment fabriquer une bombe avec tous ces produits. Hélas, ce n'est pas le cas, et tu ne vois pas quoi faire avec du nettoyant pour les vitres.

Soudain, ton regard est accroché par un objet tout au fond. Tu n'aurais jamais imaginé trouver ça dans un local technique : c'est une corde qui doit bien mesurer cinq mètres de long. Ravi, tu enroules ta trouvaille autour de ta taille avant de refermer la porte et de repartir dans le couloir.

Note que tu possèdes désormais une corde et rends-toi à la page 84.

18:10

Curieux, tu t'approches de la porte et tu tournes la poignée. Comme le verrou n'a pas été enclenché, elle s'ouvre tout de suite, et tu te trouves nez à nez avec... Diane !

– Qu'est-ce que tu fais là ? souffles-tu en regardant par-dessus son épaule.

Il n'y a aucun garde dans les parages, mais tu restes méfiant.

– J'ai mémorisé l'emplacement de ta chambre, explique-t-elle. Et je me suis dit que ce serait plus facile de fuir à deux que toute seule. Qu'en penses-tu ?

– Comment as-tu réussi à sortir de ta cellule ?

Elle hausse les épaules et te montre discrètement un bout de fil de fer glissé dans sa manche.

– J'ai toujours été douée pour crocheter les serrures. Je me suis servie d'une baleine de mon soutien-gorge, et hop !

– Tu portes un soutien-gorge ?

– Ce n'est pas le sujet, grogne-t-elle, et encore moins le moment. Il faut qu'on parte d'ici, et vite. Ce milliardaire est complètement fou.

Elle a raison, bien sûr. Mais est-ce une bonne idée de fuir à travers des couloirs que tu ne connais pas avec cette drôle de fille ? Même si tu as perdu du temps en discutant avec elle, tu en as encore suffisamment pour gagner ta partie de Fortnite et reconquérir ta liberté.

Si tu choisis de fuir avec elle, va à la page 112.

Si tu lui proposes une alliance dans le jeu, rends-toi à la page 66.

Si tu préfères refuser son offre, pars à la page 129.

06:00

Tu tapes 28 09 17 sur le clavier, et tu pousses un soupir de soulagement lorsqu'une lumière verte se met à clignoter. Tu as réussi à rentrer dans le logiciel de domotique de la maison.

Sans hésiter, tu actives la commande « déverrouiller toutes les portes », et tu entends alors plusieurs grincements dans le lointain, ainsi que des cris de colère et de surprise. Puis tu sélectionnes « arrêt du système ». Une fenêtre de commande te demande une confirmation, et tu valides d'un clic rageur.

Autour de toi, tous les ordinateurs se mettent à ronronner, avant de s'éteindre les uns après les autres. L'ampoule au plafond s'éteint, elle aussi, te plongeant dans l'obscurité.

Maintenant que les ordinateurs sont hors tension, tu ne risques plus grand-chose, et tu arraches tous les câbles que tu trouves, avant de sortir de la pièce à tâtons. Il n'y a plus la moindre lumière dans les couloirs et tu entends les conversations agitées des gardes affolés.

– Qu'est-ce qui s'est passé ?

– Quelqu'un a coupé le courant !

– Rétablissez-le !

– Ça vient de la salle informatique !

Le faisceau d'une lampe de poche vient trouer l'obscurité et tu te plaques contre un mur pour ne pas être repéré. Un homme pénètre dans la pièce que tu viens de quitter, mais tu n'es pas inquiet ; le temps qu'il essaie de redémarrer le système, qu'il comprenne que plusieurs câbles ont été arrachés et qu'il refasse les branchements dans l'obscurité, tu seras loin.

Tel un fantôme, tu avances dans les couloirs en gardant une main contre le mur pour ne pas te perdre. Tu trouves un escalier et descends au rez-de-chaussée. La lumière de la lune te permet de distinguer une porte électronique grande ouverte. Bien joué ! Non seulement les gardes sont occupés, mais tous les verrous magnétiques ont été désactivés.

Tu te faufiles dans la cour, tu t'assures que personne ne t'espionne, puis tu te mets à courir dans la pénombre. De temps en temps, tu aperçois d'autres formes furtives – peut-être des joueurs qui profitent, eux aussi, de la confusion, ou bien des gardes qui cherchent à fuir la colère de leur boss. Peu importe, tu n'as pas le temps de le vérifier.

Tu passes le grand portail en fer forgé qui constitue

l'entrée de la propriété et te retrouves sur la route, sain et sauf ! Tu as envie de hurler de joie, mais ce serait idiot de tout gâcher maintenant en révélant ta position.

Tu t'engages d'un bon pas dans les sous-bois en suivant la route. Tu finiras bien par localiser un commissariat, pour leur raconter ton histoire.

Tu es bien parti pour survivre à cette aventure et, tout en avançant, tu tâtes machinalement le contenu de tes poches.

Si tu as trouvé un disque dur contenant des preuves contre le milliardaire, rends-toi à la page 179.

Sinon va à la page 159.

00:20

Tu te caches derrière un tronc d'arbre pour éviter la lumière des projecteurs, et tu attends désespérément de voir si Diane a profité de ton intervention pour s'enfuir.

Malheureusement, un garde plus chanceux que les autres finit par tomber sur toi, complètement par hasard, et donne l'alerte en criant :

– Il est là ! Venez tous !

Tu te mets à courir, mais tu sais déjà que tu n'arriveras pas au mur à temps. Tu as gâché ta seule chance de fuir pour essayer de sauver ton amie. C'était noble, mais dangereux aussi.

Et, hélas, tu as échoué.

PERDU !

Pour retenter ta chance, retourne à la page 5.

12:00

Curieux, tu suis les grondements animaux en espérant que cela t'amène à une issue quelconque. Mais, pour l'instant, tu ne trouves aucun passage vers l'extérieur, seulement ces couloirs qui s'entrecroisent à perte de vue.

Dans cette partie du château, les gardes semblent moins présents, et tu progresses plus rapidement qu'auparavant. Tu es même tellement confiant que tu manques rentrer dans deux hommes en patrouille. Tu parviens à te cacher *in extremis* derrière une commode de style Empire. Le bruit de leur conversation flotte jusqu'à tes oreilles.

– Sérieux, ils me font peur. À chaque fois que je leur apporte à boire, j'ai l'impression qu'ils vont me dévorer.

– Ils sont bien enchaînés, tu ne risques rien.

– N'empêche, rien que de les voir… M. Casse-Noisette nous paie bien, mais il est complètement fou.

– Pas si fort, abruti ! S'il t'entend, c'est toi qui seras la cible de ses prochaines expériences !

Le son de leurs voix diminue, jusqu'à ce que tu n'entendes

plus rien. Tu pousses un soupir de soulagement ; c'était moins une, cette fois-ci !

Tu sors de ta cachette et reprends ton chemin avec un peu plus de prudence. Plus tu avances, plus les grondements se précisent. Tu finis par apercevoir une porte ornée d'un double verrou et d'une chaîne de sécurité. Les bruits proviennent de derrière.

Si tu décides d'ouvrir cette porte, va à la page 182.
Sinon continue à chercher une issue à la page 84.

19:45

Tu es entouré de gardes armés. Si jamais tu essaies de t'enfuir maintenant, la situation va forcément dégénérer. Tu décides donc de patienter, en attendant un moment plus propice.

Les hommes de main vous conduisent au pas de course à travers les mêmes couloirs que ceux que tu as déjà parcourus. Devant chaque porte, un joueur quitte le groupe pour réintégrer sa cellule.

– Terminus, tout le monde descend ! ricane un garde en ouvrant ta porte.

Tu es bien obligé de lâcher la main de Diane, mais tu refuses de montrer ta peur à la brute. Le dos droit, le menton relevé, tu le salues d'un geste vague, comme si tu rentrais dans ta cellule par choix.

– Bon courage, marmonne Diane. Même si je suppose qu'on est concurrents, maintenant...

Tu te dévisses le cou pour la regarder partir, mais ta porte se referme et tu te retrouves plus seul que jamais.

Devant toi, l'ordinateur ultramoderne affiche toujours l'écran de connexion à Fortnite. Un compte à rebours est en train de clignoter, sans doute déclenché par le milliardaire.

54 secondes... 53... 52...

Tu te laisses tomber sur le lit, les bras en croix. Tu as toujours considéré Fortnite comme un loisir, très amusant, mais, dans moins d'une minute, ta vie va dépendre de ton habileté : la moindre erreur pourra t'être fatale. C'est une pression énorme !

Et même si, par miracle, tu t'en sors et finis top 1, ça voudra dire que les autres joueurs croisés dans la salle de bal seront morts pour que tu puisses survivre.

Quelle situation atroce !

Tu essuies tes mains moites sur ton pantalon et t'approches de l'ordinateur.

20 secondes... 19... 18...

Soudain, un doute t'envahit. Le garde a refermé la porte de ta cellule mais tu ne te souviens pas d'avoir entendu un bruit de verrou.

Le cœur battant, tu t'approches du panneau de métal et tu appuies sur la poignée... La porte s'ouvre sans difficulté !

Bouche bée, tu restes figé dans l'embrasure. Pressé par le temps et distrait par les autres joueurs, le garde n'a pas poussé le verrou ! Tu n'arrives pas à croire à ta chance.

D'un autre côté, est-ce vraiment une bonne idée de te lancer à l'aventure dans ce grand manoir rempli d'hommes en armes ?

Si tu essaies de t'enfuir par le couloir, rends-toi à la page 126.

Si tu préfères commencer la partie de Fortnite, comme prévu, va à la page 31.

13:10

L'homme est plus grand et plus costaud que toi, mais il ne sait pas que tu te trouves dans les parages. Il va falloir que tu profites au maximum de l'effet de surprise.

Les secondes passent tandis que tu attends qu'il change de position. Enfin, au bout d'une minute, il finit par s'étirer et se tourner pour jeter le mégot de sa cigarette dans un cendrier.

C'est l'occasion idéale ! Tu sors de ta cachette en courant, comptant sur le tapis pour étouffer tes pas. L'homme est encore penché au moment où tu lui sautes dessus, et tu passes un bras sur sa gorge pour essayer de l'étrangler et de lui faire perdre connaissance.

Malheureusement, l'homme est un pro. Il n'a pas été engagé pour assurer la sécurité du milliardaire sans raison. Il se remet de sa surprise en une fraction de seconde et te projette par-dessus son épaule. Tu heurtes le sol comme un sac de pommes de terre, et le choc te coupe le souffle. Le temps que tu parviennes à te relever, il a déjà sorti son arme et t'oblige à lever les mains en l'air.

Tu ne sais pas encore ce qu'il va advenir de toi ; tout ce dont tu es certain, c'est que ton aventure s'arrête là.

PERDU !

Pour retenter ta chance, retourne à la page 5.

12:30

Tu n'as aucune envie de te battre contre un homme surentraîné et armé. Pourtant, il faut bien que tu passes. Rebrousser chemin maintenant serait une erreur fatale, alors que des gens doivent déjà être à ta recherche.

Tu attends donc quelques secondes, le temps de contrôler ta peur, puis, avec l'air le plus dégagé possible, tu avances vers le garde, les mains levées en signe de paix.

– Bonjour !

Stupéfait, l'homme recule d'un pas et sort son revolver. Tu t'immobilises alors qu'il braque le canon sur ton cœur.

– Un pas de plus et je tire, grogne-t-il. Qu'est-ce que tu fais là ?

– J'ai été enlevé par votre patron pour participer à son jeu, mais ma porte n'était pas fermée, réponds-tu honnêtement. Et je cherche un moyen de sortir de ce château.

– Et la seule idée que tu as eue pour fuir, c'est de te jeter entre les pattes d'un de ses gardes ? s'étonne l'homme. Tu n'es pas très futé !

Tu t'efforces de ne pas montrer ta peur et te contentes de hausser les épaules.

– Je n'avais pas vraiment le choix. Et j'espérais que vous pourriez m'aider.

Cette fois-ci, l'homme éclate de rire.

– Moi ?! T'aider ?! Pourquoi je ferais ça ?

Tu dois très vite trouver une réponse.

« Parce que votre patron est fou et qu'il va vous entraîner dans sa chute » : va à la page 123.

« Parce que ma famille peut vous donner beaucoup d'argent » : va à la page 88.

« Parce que je suis sûr que vous n'êtes pas foncièrement méchant » : va à la page 103.

10:20

Tu te faufiles vers l'une des tentures et allumes ton briquet. Le tissu est épais et met un peu de temps à s'enflammer, mais tu t'acharnes et tu finis par obtenir un début de feu. À pas de loup, tu vas te cacher derrière un vieux buffet. Quelques secondes plus tard, les flammes commencent à se répandre et la tapisserie s'embrase d'un coup. Les alarmes anti-incendie se mettent à hurler tandis qu'une épaisse fumée envahit le couloir.

– Qu'est-ce que c'est que ça, encore ?! grogne le garde.

Il s'empare d'un extincteur accroché au mur et se rue vers le feu. Lorsqu'il dégoupille son engin, un flot de mousse blanche vient recouvrir la tenture, mais tu n'es plus là pour observer le résultat. À peine s'est-il détourné que tu t'es glissé dans son dos. Tu cours, mais le bruit de tes pas est masqué par le sifflement des sirènes. Tu appuies sur la poignée d'une porte, en priant pour que celle-ci soit ouverte, et tu pousses un soupir de soulagement lorsqu'elle cède.

Tu refermes vite derrière toi et t'adosses au mur pour reprendre ton souffle. Derrière toi, le bruit de l'alarme diminue, puis s'arrête. Ton petit incendie est déjà maîtrisé, mais il a eu l'effet escompté.

Curieux, tu regardes autour de toi. Tu te trouves dans une aile au style Fortnite encore plus prononcé que les autres. Les murs sont décorés de captures d'écran de parties, et des écrans plats diffusent les streams de certains twitchers. De magnifiques vitrines exposent des répliques d'armes qu'on peut trouver dans le jeu : fusils à pompe, pistolets-mitrailleurs, armes de sniper, lance-grenades...

Tu t'approches, fasciné. Si jamais tu arrivais à récupérer le fusil d'assaut devant toi, par exemple, tu te sentirais beaucoup moins vulnérable. Malheureusement, le verre semble particulièrement épais et des rayons infrarouges te confirment que tout a été prévu pour assurer la sécurité de ces objets.

Tu te détournes à regret et continues ton chemin jusqu'à un embranchement. Le couloir se prolonge vers la gauche tandis qu'à droite se trouve une porte de métal comme celle de ta chambre. Un écriteau indique « PROJET FORTNITE ».

Si tu essaies d'ouvrir cette porte, va à la page 186.

Si tu préfères poursuivre ton exploration, rends-toi à la page 97.

16:00

Tu as vu de nombreux autres joueurs sauter en même temps que toi, et les combats font déjà rage dans Tilted Tower. Si tu attends trop longtemps, tous les coffres auront été récupérés. Ta meilleure chance de t'équiper et de tenir jusqu'aux affrontements finaux, c'est de looter les joueurs que tu auras vaincus.

Tu ne prends pas le temps de récupérer des matériaux autres que ceux que tu as déjà collectés dans la maison. Tu sors dans la rue et tu longes le mur pour prendre à revers un joueur en train de détruire un distributeur de boissons à coups de pioche. Ta balle de sniper le prend par surprise et il s'effondre sans avoir pu riposter.

Tu t'approches et récupères une potion de bouclier ainsi qu'un fusil d'assaut. Content de cette première étape, tu disparais dans les ombres et escalades un bâtiment pour reprendre le combat.

Bien protégé sur le toit, tu commences à canarder les joueurs qui passent à proximité de ton viseur. Tu fais une victime, puis deux, puis trois. Tu n'oses pas descendre pour looter tes kills, et tu attends patiemment qu'un nouveau joueur tombe dans ton piège.

Malheureusement, tu as été repéré. Tu entends un sifflement familier et tu te jettes de côté pour éviter l'explosion d'une grenade à tes pieds. Ton bouclier se fissure, mais tu tiens bon et tu saisis de nouveau ton fusil d'assaut pour punir ton agresseur.

Tu commences à construire rapidement une tour pour gagner de la hauteur, mais tu es rapidement à court de matériaux, et ton ennemi te prend de vitesse. En désespoir de cause, tu lâches une rafale vers le haut, sans grand succès. L'autre bondit à côté de toi et vide son fusil à pompe dans ta poitrine. Ton personnage disparaît dans un nuage de pixels et tu restes bouche bée, les bras ballants.

À peine as-tu compris que tu ne seras pas top 1 que déjà des pas résonnent dans le couloir. Un garde entre dans la pièce, revolver au poing, le visage fermé.

– Tu as entendu ce qu'a dit M. Casse-Noisette, déclare-t-il. Pas de pitié pour les perdants.

La dernière chose que tu vois, c'est le canon de son arme pointé sur toi.

PERDU !

Pour retenter ta chance, retourne à la page 5.

01:10

Tu regardes ton nouvel ami avec incrédulité.

– Comment ça, il triche ?

– Tu crois que c'est la première fois qu'il kidnappe des joueurs pour ses parties sordides ? À chaque fois, il gagne, parce qu'il se donne un avantage imbattable : un bouclier de 1 000 points qui ne cesse de se régénérer. Autant dire que personne ne peut le percer...

– Mais, dans ce cas, comment...

– ... en théorie, car je pense pouvoir y arriver, complète Hermann.

Détruire un tel bouclier te semble incroyable, mais il a l'air plutôt confiant. Il optimise une dernière fois son inventaire, puis sort son fusil de sniper et prend le temps de viser avant d'être repéré.

Headshot ! Le bouclier de Casse-Noisette frémit à peine, et le milliardaire se tourne vers ton avatar. Sa rafale de fusil d'assaut vient s'écraser contre le mur qu'Hermann vient de créer, tandis que celui-ci prend déjà de la hauteur en enchaînant les escaliers.

Hermann joue au chat et à la souris, essayant de s'exposer

un minimum tout en truffant de plombs son adversaire. Le bouclier baisse lentement, mais il baisse. 50 %... 25 %... 10 %...

– YES !! hurle le joueur lorsque son ennemi tombe enfin.

L'écran s'illumine pour fêter votre top 1, et tu sens ton cœur battre plus vite. Est-ce possible ? Avez-vous gagné ? Vas-tu retrouver ta liberté ? Que se passera-t-il lorsque le milliardaire se rendra compte que c'était Hermann qu'il affrontait ? Ton nouvel ami n'a plus le temps de rejoindre sa chambre.

– Cache-toi sous le lit, souffles-tu en entendant des bruits de pas.

Hermann hausse les épaules avant de t'obéir. Juste à temps : deux gardes ouvrent la porte en grand. Ils ont l'air moins arrogants qu'avant.

– Tu es libre, déclare le premier.

– Comment ça ? Je peux partir ? Vraiment ? bredouilles-tu, incrédule.

– Vous êtes tous libres, précise le second. Il ne faut pas nous en vouloir, on se contentait d'obéir aux ordres. Maintenant que le boss a disparu, on va se faire oublier un moment.

– Attendez, attendez ! réagis-tu. Comment ça, « le boss a disparu » ?

Le premier garde hausse les épaules, avec un air désabusé.

– Il n'a jamais supporté de perdre – encore moins avec tous les avantages qu'il se donnait. On vient de le retrouver dans sa chambre, une balle dans la tête. Il s'est suicidé.

L'autre garde se tapote la tempe de l'index pour montrer ce qu'il pense de son ancien patron, puis il ressort pour ouvrir d'autres chambres. Bientôt, tous les joueurs sont libérés.

– Ça va, je peux sortir de sous le lit, maintenant ? demande Hermann.

Tu n'as pas besoin de le voir pour savoir qu'il sourit jusqu'aux oreilles.

Vous avez réussi ! Vous avez gagné ! En titillant l'orgueil du milliardaire, vous êtes parvenus à le vaincre. Ses gardes se dispersent déjà aux quatre vents, et tu espères que son château dédié à Fortnite disparaîtra bientôt pour toujours.

00 : 00

Tu as survécu !

Sais-tu qu'il existe douze autres façons de gagner ? Recommence ton aventure depuis le début pour les découvrir.

11:10

Tu n'as pas l'intention d'attendre les bras croisés. Il te faut de l'équipement, si tu veux survivre à cette aventure, avec ou sans Diane !

Sans hésiter, tu sors de ta cachette pour aller trouver quelques coffres... et tu te fais ouvrir en deux par une décharge de fusil à pompe.

Forcément, avec une simple pioche, c'est plus difficile de se défendre...

Furieux, tu donnes un coup de pied dans ton ordinateur. Mais bientôt la colère disparaît, remplacée par de la terreur à l'état pur.

– Allô ? Tout va bien ? demande Diane sur Discord.

Tu n'oses même pas répondre et une larme coule sur ta joue. Tu as tout ruiné, aussi bien tes chances que les siennes. Déjà, tu entends des bruits de pas dans le couloir : les sbires du milliardaire qui viennent abattre tous les perdants.

PERDU !

Pour retenter ta chance, retourne à la page 5.

14:30

Tu es touché que Diane ait pensé à toi et, pour la première fois, tu entrevois un espoir de survie... mais pas de la manière dont elle le pense.

– Tu as vu les gardes qui nous surveillaient dans la salle de bal ? Ils étaient nombreux et bien armés. Et toutes les fenêtres ont des barreaux. On ne sortira pas aussi facilement de ce manoir.

– Alors qu'est-ce que tu comptes faire ? proteste-t-elle. Attendre, les bras croisés, qu'on perde la partie ?

– Non, pas du tout. Il y a peut-être un moyen de prendre ce fou à son propre jeu. Perso, je suis un bon joueur, mais pas une star. Et toi ?

– Je me débrouille, répond-elle, évasive.

– Que dirais-tu de faire une alliance ? On joue ensemble, et on se débarrasse des autres joueurs et de ce milliardaire fou jusqu'à rester les deux survivants.

– Et ensuite ?

– Ensuite... on verra. Peut-être qu'on pourra négocier avec lui. Et sinon, eh bien, au moins, on aura une chance sur deux de survivre, c'est déjà mieux que maintenant.

La jeune fille réfléchit en se mordillant la lèvre. Finalement, elle hoche la tête.

– OK. Mon avatar, c'est Tête de Tomate. Toi, je sais que tu es Double Zéro. Du coup...

– Attends, l'interromps-tu. J'ai vu qu'ils avaient installé Discord[1] sur les machines. Je vais te donner mon login ; comme ça, on pourra se parler.

– Génial ! Je retourne vite dans ma chambre – en espérant que je ne sois pas déjà morte... À tout de suite !

Elle disparaît et tu refermes la porte, pensif. Grâce à Diane, vous avez désormais de plus grandes chances de survie. Pourvu que votre plan fonctionne !

Pendant que vous discutiez, le jeu a bien progressé, et plus de vingt joueurs sont morts. Tu es toujours accroupi sur un toit de maison. Personne ne t'a repéré, mais tu as perdu énormément de temps et tu ne possèdes pas le moindre équipement. En désespoir de cause, tu brises les tuiles et tu récupères le coffre en dessous. Le loot est très moyen, hélas.

Soudain, tu entends quelqu'un se connecter à ton canal Discord.

---

1. Un des logiciels de discussion les plus répandus chez les gamers.

– OK, c'est bon, je suis en vie, déclare la voix de Diane. Où est-ce que tu as sauté ?

– Sur Tilted Tower. Et toi ?

– Plus au nord, vers Pleasant Park. La Tempête se rapproche de moi. Ne bouge pas, j'arrive !

« Ne bouge pas », facile à dire ! Tu n'as qu'un revolver de qualité moyenne et quelques balles : pas vraiment de quoi faire un top 1.

Si tu décides de chercher de l'équipement en attendant Diane, va à la page 65.

Si tu préfères ne pas bouger jusqu'à son retour, rends-toi à la page 115.

07:10

Tu vérifies que tu n'as pas perdu ton tournevis dans la confusion, et tu pousses un soupir de soulagement en sentant le manche dans ta main. Tu te mets aussitôt au travail en retirant les vis une par une. De temps en temps, tu jettes un coup d'œil par-dessus ton épaule, mais aucun garde ne passe et tu parviens enfin à détacher la plaque de métal.

Sans hésiter, tu te glisses dans la canalisation, puis tu essaies de remettre la plaque à peu près en place, pour qu'on ne devine pas où tu te trouves. Tu te mets à ramper dans le conduit, empli d'un nouvel espoir.

Tu passes entre les murs du château et, parfois, tu entends des bruits de conversation au loin, sans parvenir à en comprendre la teneur. Personne ne pourra t'attraper, à présent ; il te suffit de continuer jusqu'au bout et de sortir dans le jardin. Tu es sauvé !

Sauf que... tout ne se passe pas comme prévu. Le conduit que tu suis fait soudain un coude et monte à pic vers le toit au lieu de descendre d'un étage. Tu prends conscience que tu es dans une cheminée. Incrédule, tu regardes autour de toi, mais il n'y a pas d'autre issue. Si tu ne parviens pas à grimper jusqu'en haut, tu ne pourras jamais t'enfuir.

Tu plisses les yeux et aperçois une échelle rétractable tout en haut de la cheminée, bien trop lointaine pour réussir à l'attraper avec les mains. Pourtant, c'est ta seule chance.

Si tu as récupéré une corde au cours de ton aventure, rends-toi à la page 172.

Sinon tu vas devoir rebrousser chemin à la page 167.

02:20

La seule réponse que tu obtiens, c'est le silence. Un silence pesant, menaçant.

Puis tu entends un cri de rage, mais pas n'importe quel cri de rage : un hurlement primal, comme celui d'une bête blessée à mort.

– Vous m'avez piégé ! rugit le milliardaire à travers Discord. Vous m'avez manipulé !

– Nous vous avons battu, réponds-tu en essayant de garder ton calme. Alors remplissez votre part du marché.

– Il n'en est pas question. Vous m'avez humilié ! Vous avez tout gâché ! TOUT GÂCHÉ ! Ce moment devait être mon heure de gloire ! Comment ai-je pu perdre comme ça ? J'avais tout prévu ! Je vous déteste ! Je *me* déteste !

– Euh, calmez-vous, suggères-tu, de plus en plus inquiet.

– Vous faites les malins ? Rira bien qui rira le dernier ! On verra si vous serez toujours fiers de vous lorsque tout explosera !

– Qu'est-ce qu'il a dit ? demande Diane, affolée.

Le milliardaire se déconnecte brutalement de Discord,

et vous entendez soudain une voix électronique annoncer à travers tous les haut-parleurs du château :

– PROCÉDURE D'AUTODESTRUCTION EN COURS. TROIS MINUTES AVANT L'EXPLOSION.

– Diane, il faut qu'on file ! cries-tu dans le micro.

– Merci, j'avais compris ! répond-elle, haletante. Rendez-vous devant l'entrée !

Tu te précipites hors de ta chambre. Les gardes sont en train de fuir, eux aussi, sans se soucier de toi. Tu meurs d'envie de te joindre à la cohue, mais tu as d'abord une mission à mener à bien. Tu ouvres le verrou de la chambre la plus proche, puis le suivant.

– Aidez-moi à faire sortir tout le monde ! lances-tu à ceux que tu libères.

DEUX MINUTES, DIX SECONDES.

Certains s'enfuient sans t'écouter, mais la plupart t'obéissent. Diane arrive et s'empresse de t'aider. Bizarrement, certains gardes se joignent à vous pour ouvrir les cellules. Vous êtes de plus en plus nombreux, le travail se fait de plus en plus vite et, bientôt, tout le monde se retrouve libre.

40... 39...

Vous vous précipitez tous vers la sortie. Diane trébuche, et tu lui tends la main pour l'aider à se relever. Poussés par le désespoir, vous dévalez les escaliers et vous ruez vers la porte du château.

12... 11... 10...

Vous débouchez dans une cour de graviers agrémentée de nombreux arbres. Tu ne ralentis pas l'allure et te précipites vers un large portail qui donne sur une route. Les gardes l'ont déjà ouvert ; certains s'enfuient en voiture, d'autres à pied, tandis que le compte à rebours continue, impassible.

5... 4... 3...

Diane et toi passez le portail, et vous vous jetez au sol derrière le mur d'enceinte.

1... 0.

Dans une explosion apocalyptique, les milliers de mètres carrés du château partent en fumée. Les flammes s'élèvent jusqu'à plus de vingt mètres de haut ; vous êtes en pleine nuit et pourtant, pendant une fraction de seconde, vous y voyez comme en plein jour.

Puis l'onde de choc frappe le mur d'enceinte. Tu penses un instant qu'il va s'effondrer sur vous, mais il tient bon et vous protège de la vague de chaleur qui carbonise tout sur son passage. Certains gardes perdent le contrôle de leur voiture, et le bruit des carambolages vient s'ajouter au capharnaüm.

Finalement, tout s'arrête. Le jardin a pris feu et n'est plus qu'une torche folle, mais tu es encore en vie, et c'est tout ce qui compte.

Enfin, presque.

– Diane ? appelles-tu, inquiet.

– Je vais bien, grommelle-t-elle en se relevant péniblement.

Elle est couverte de cendres et de gravats, mais, en effet, elle a l'air d'être en un seul morceau.

Vous regardez tous les deux les restes du château brûler dans l'air nocturne, tandis que les sirènes de police et des pompiers se rapprochent.

Le milliardaire a-t-il disparu sous les décombres ou s'est-il enfui au dernier moment ?

Pour l'instant, peu importe. Tu savoures ce moment.

– On a gagné, te souffle Diane à l'oreille.

Eh oui.

00 : 00

Tu as survécu !

Sais-tu qu'il existe douze autres façons de gagner ? Recommence ton aventure depuis le début pour les découvrir.

11:35

– On file ! hurles-tu à Slimane.

Vous vous mettez à courir à toutes jambes dans le couloir, mais tu te rends vite compte que vous n'avez aucune chance. Les gardes sont plus rapides et plus sportifs que vous. Surtout, ils connaissent par cœur les couloirs du château, tandis que vous avancez complètement au hasard.

Pendant quelques secondes, tu penses avoir gagné du temps en tournant brutalement vers une autre annexe, mais tu te retrouves soudain face à un cul-de-sac.

– C'était ça, ton plan ? siffle Slimane, affolé. Si j'avais su, je serais resté dans ma chambre ! J'avais au moins une chance de gagner la partie...

Tu regardes autour de toi, à la recherche d'une solution, n'importe laquelle, mais tu ne vois rien. En désespoir de cause, vous rebroussez chemin... et tombez directement dans les bras des gardes qui vous attendaient.

Tu as beau te débattre, ils te maîtrisent sans difficulté. Slimane ne s'en sort pas mieux, et vous voilà tous deux ligotés.

– Bien tenté, ricane l'un des hommes, mais le boss a été très clair : toute tentative d'évasion sera punie de mort.

Il sort son arme et ton aventure s'arrête dans une sourde détonation.

PERDU !

Pour retenter ta chance, retourne à la page 5.

13:30

Sans hésitation, tu ouvres la porte, et tu te retrouves dans une petite pièce, remplie du sol au plafond de serveurs informatiques. Fasciné, tu refermes derrière toi et tu te promènes au milieu de tous ces câbles. La température ici est bien plus fraîche qu'ailleurs, afin de compenser la surchauffe du matériel, et tu frissonnes en te frictionnant les bras.

C'est ici le centre névralgique de l'empire du milliardaire, et peut-être ta meilleure chance de sortir vivant de cette histoire. D'un autre côté, il a sans doute bien protégé cette salle, et tu as peur de déclencher une alarme en touchant le moindre objet.

Si tu veux essayer de provoquer un incident électrique dans le château, va à la page 122.

Si tu préfères ne rien toucher et ressortir, dirige-toi à la page 91.

Si tu as trouvé un tournevis au cours de ton aventure, tu peux tenter de démonter le tableau de commandes à la page 125.

14:20

Le propriétaire n'a pas marqué « DANGER » sans raison, et tu n'as aucune envie d'être électrocuté. Tu continues donc à petites foulées dans le couloir, à la recherche d'un moyen de fuir du château. Malheureusement, tu ne remarques pas la caméra discrète branchée au-dessus de la porte, qui capte ton passage et envoie ton signalement à l'ensemble des gardes.

Bientôt, tu entends des cris et des appels alors qu'ils organisent une battue. Paniqué, tu ouvres une porte au hasard et entres dans un grand bureau. Tu tentes de te cacher derrière une bibliothèque, mais les gardes sont des pros. Ils passent le moindre recoin des lieux au peigne fin et finissent par te trouver.

N'ayant plus rien à perdre, tu essaies de te battre, mais ils ne te laissent pas la plus petite chance. Terrorisé, épuisé, meurtri, tu es traîné devant le milliardaire.

Trop occupé à jouer à Fortnite, il ne t'accorde même pas un regard.

– Je t'avais prévenu, lance-t-il par-dessus son épaule.

Quand on ne joue pas selon mes règles, on finit toujours par perdre. Abattez-le.

Son dernier ordre s'adresse au garde derrière toi, qui appuie froidement sur la gâchette de son arme.

Hélas, ton aventure s'arrête ici.

PERDU !

Pour retenter ta chance, retourne à la page 5.

00:40

– Comment j'ai osé ?! répètes-tu, choqué. Et vous, comment avez-vous pu oser nous kidnapper, nous menacer ? Vous vouliez nous tuer !!!

– Et alors ? siffle Casse-Noisette. Vous n'avez aucune importance. Tout ce qui compte, c'est le jeu.

Il n'a pas l'air de se rendre compte de sa situation. Ses yeux brûlent d'une lueur de folie, et il se penche pour essayer de rebrancher la prise de courant. Le garde lui donne un coup de pied pour l'en écarter, et il tombe sur le dos.

– Pourquoi fais-tu ça ? proteste le milliardaire. Tu es censé me protéger ! C'est moi qui te paie !

– On m'a ouvert les yeux, répond l'homme. Vous êtes complètement givré, et vous ne pouvez pas continuer ainsi. Vous brisez des vies, et vous allez tous nous entraîner dans votre chute. Rendez-vous.

– Hors de question. Je veux encore jouer, grince le tyran.

– J'ai bien peur que ce ne soit pas possible.

– J'ai encore des hommes qui me sont loyaux ! Vous ne pourrez pas vous en sortir !

– Peut-être, mais ils n'arriveront pas à temps pour vous sauver, répliques-tu.

Le milliardaire te lance un regard haineux, puis, soudain, toute son assurance s'effondre.

– Je voulais juste devenir meilleur, souffle-t-il. Quand j'ai commencé à jouer, je me faisais tuer dès les premières minutes. Je ne savais pas où sauter ni même comment optimiser mon planeur. Je ne connaissais pas les spawns de coffres, et je n'étais pas doué pour la construction. Je me suis fait humilier pendant des dizaines de parties. Humilier !

– Je comprends, déclares-tu. Moi aussi, au début, je n'étais pas bon. Mais quand on joue, on finit toujours par progresser. Petit à petit, on apprend de ses erreurs et on s'améliore.

– Trop lentement ! rugit Casse-Noisette. Et certains ont un vrai talent. Même en m'entraînant pendant des jours, des mois, je n'atteindrai jamais leur niveau !

– C'est comme ça dans tous les sports. Quoi qu'il en soit, vous avez perdu cette partie. Et si vous libériez tout le monde, avant que la police n'arrive ?

– Pourquoi donc ferais-je ça ?

Tu hésites, cherchant une réponse qui pourrait le toucher à travers sa folie.

– Si vous sauvez tous ces joueurs, je vous promets que je demanderai à la police de vous laisser jouer à Fortnite dans votre cellule.

– Vraiment ?

Son regard s'illumine, et tu ne peux t'empêcher de ressentir de la peine pour cet homme. Il est si riche et pourtant si seul. Il n'est pas vraiment cruel, juste complètement fou. Il ne finira peut-être pas en prison, mais dans un hôpital psychiatrique.

– Vraiment, confirmes-tu d'une voix douce.

– Sinon je vous abats ici et maintenant, ajoute le garde, son arme braquée sur son ancien patron.

– Je vois, soupire le milliardaire. Ainsi posé, le choix est facile.

Il appuie sur un bouton au mur et se penche vers un micro.

– À l'attention de tout le monde, déclare-t-il. J'ai décidé de me rendre à la police. Je vais déverrouiller les cellules de tous les joueurs. Vous qui avez travaillé pour moi, je vous conseille de fuir pendant qu'il en est encore temps.

Tu entends sa voix se réverbérer à travers toutes les enceintes. Puis il pianote sur une console et se tourne vers toi.

– Voilà. Toutes les portes sont ouvertes. Je me rends.

Pendant que le garde appelle la police, tu jettes un coup d'œil aux caméras de sécurité. Il n'a pas menti : l'air hébété, tous les joueurs sortent de leurs cellules pendant que les hommes de main s'enfuient, dans le désordre le plus total.

Tu ne sais pas encore ce que l'avenir te réserve, mais tu peux déjà être fier de toi. Non seulement tu as survécu, mais tu as aussi sauvé les autres joueurs et arrêté le terrible milliardaire – qui n'est plus si terrible que ça.

Pas si mal, en trente minutes, non ?

00 : 00

Tu as survécu !

Sais-tu qu'il existe douze autres façons de gagner ? Recommence ton aventure depuis le début pour les découvrir.

09:20

Tu laisses la pièce derrière toi et continues ton chemin dans ce couloir interminable.

Plus tu avances, plus tu te dis que cette histoire va mal se terminer. Tu as eu la chance de pouvoir sortir de ta chambre, mais tu ne vois pas comment aller plus loin. Toutes les issues sont gardées, et les fenêtres sont protégées. Tu pourrais tourner en rond pendant des heures sans découvrir la moindre brèche. Finalement, ta meilleure option serait peut-être de trouver un coin où te cacher et de n'en plus bouger en espérant qu'un jour quelqu'un viendra te sauver.

Tu en es là de ta réflexion quand tu passes devant une bouche d'aération. Frappé par une idée subite, tu t'arrêtes et regardes à travers la grille. Le conduit est étroit, mais tu penses être capable de t'y faufiler en rampant. La climatisation n'est pas activée en cette saison, et les dangereuses pales des ventilateurs ne tournent pas.

Le seul problème, c'est que la plaque de protection du conduit est solidement vissée et, malgré tes efforts, elle refuse de bouger.

Si tu as trouvé un tournevis au cours de ton aventure, rends-toi à la page 69.

Sinon direction la page 131 !

17:20

Tu décides d'ignorer cette distraction désagréable pour te concentrer sur cette partie, qui pourrait te sauver la vie et te rendre ta liberté.

Tu sautes en même temps que les autres au-dessus de Tilted Tower, et tu attends le dernier moment pour déplier ton planeur et atterrir sur le toit d'une maison abandonnée. Si tu espérais être tranquille, c'est raté : à peine as-tu commencé à détruire les tuiles à l'aide de ta pioche qu'un autre joueur se pose à côté de toi.

Tu ne perds pas ton sang-froid et tu lui sautes dessus, ton arme levée. Il essaie d'esquiver en te tournant autour, mais tu connais bien cette stratégie et ne te laisses pas impressionner. Votre combat est un peu ridicule, sans la moindre arme à feu, mais tu parviens à l'abattre d'un magnifique coup critique. Son corps tombe, mais tu grimaces. Cet imprévu t'a fait perdre du temps, et aussi de la vie – même si tu as gagné, tu as quand même reçu deux coups de pioche de plein fouet.

Tu vérifies que personne d'autre n'est en embuscade, puis tu continues à détruire le toit et pénètres dans la maison.

Tu trouves rapidement un coffre et pousses un cri de joie en découvrant son contenu : un fusil de sniper de qualité rare, qui te sera bien utile. Tu prends quelques secondes pour faire remonter ta vie avec des pansements, puis tu réfléchis à la prochaine étape.

Si tu essaies de faire monter ton kill count en cherchant d'autres joueurs, va à la page 60.

Si tu préfères te cacher, en attendant que les combats se calment, rends-toi à la page 198.

08:40

– Je ne sais pas combien vous paie M. Casse-Noisette, mais je peux vous donner bien plus, improvises-tu. Ma famille est riche et sera ravie de vous récompenser pour mon retour.

Le garde te dévisage des pieds à la tête, puis éclate de rire. Tu ne t'attendais pas à une telle réaction !

– Regarde autour de toi, déclare l'homme après avoir repris son sérieux. Je parie que tu ne te souviens même pas de ton kidnapping ! Mon boss est tellement riche qu'il possède des appuis dans la police et le gouvernement. Sa sécurité est importante, et il nous paie grassement pour l'assurer. Je ne manque de rien. Par contre, si je le trahis, je sais que je finirai avec une balle dans la tête. Tu penses vraiment que je veux prendre ce risque ? Désolé, mais ton aventure s'arrête ici.

Tu ouvres la bouche pour lui fournir un autre argument, mais il te frappe à la tempe avec son arme, et tout devient noir.

PERDU !

Pour retenter ta chance, retourne à la page 5.

08:30

Tu es fait comme un rat, ici, à la merci de la moindre grenade ou d'un lance-missiles. Et la partie est suffisamment avancée pour que tes adversaires en possèdent.

Dans le doute, tu sautes par la fenêtre du premier étage, et tant pis pour les quelques dégâts que tu subis. Juste à temps, car une explosion vient ravager la pièce où tu te trouvais l'instant d'avant.

Tu te plaques contre le mur pour échapper à la surveillance de ton adversaire et tu avances discrètement vers une autre cachette.

Malheureusement, tu arrives en plein milieu d'une zone de guerre. La Tempête a rabattu tout le monde vers Tilted Tower, et il n'y a plus tellement d'endroits où se cacher. Tu évites de justesse les tirs croisés de deux joueurs tandis qu'un missile vient détruire un bâtiment à côté de toi.

Au moment où tu vas t'engouffrer dans une station essence désaffectée, un joueur apparaît devant toi et te tire dessus avec son fusil à pompe. Tu ripostes d'une rafale mal ciblée, puis tu construis un mur devant toi pour te protéger. Tu places un escalier, puis deux, mais un autre ennemi te prend à revers, et ton avatar disparaît dans une explosion de pixels.

La partie est terminée pour toi, et tu entends avec une terreur croissante les bruits de pas des gardes dans le couloir qui se rapprochent, l'arme au poing.

Le milliardaire vous a prévenus en début de partie : la défaite signifie la mort...

PERDU !

Pour retenter ta chance, retourne à la page 5.

04:30

Tout ça ne te dit rien qui vaille, et tu n'as aucune envie de te faire repérer. Tu ressors de la salle informatique et reprends ton chemin à travers ces couloirs interminables.

Tu erres dans cette aile pendant ce qui te semble durer des heures, à la recherche d'une fenêtre que tu pourrais briser ou d'une porte que tu parviendrais à ouvrir, mais c'est un échec total.

Tu es en train de réfléchir à d'autres moyens de t'échapper lorsque tu entends des cris et des bruits de pas précipités. Tu te plaques contre un mur, juste à temps pour voir passer deux gardes, un talkie-walkie à la main. Ils n'ont pas l'air contents du tout.

– Oui, l'un d'eux s'est fait la malle, confirme le premier avant de donner ton signalement. Les ordres du boss sont clairs : si vous le voyez, tirez à vue. Je répète : ne cherchez pas à le capturer, tirez à vue.

Ton sang se fige dans tes veines. Tu tentes de te faufiler hors de ta cachette, lorsqu'un des gardes se retourne.

Vos regards se croisent et le temps paraît s'arrêter. Tu te sens comme un lapin pris dans les phares d'une voiture.

– Il est là ! hurle l'homme en sortant son arme.

À peine as-tu fait deux pas qu'il a déjà vidé son chargeur sur toi. Et cette fois-ci, ce n'est pas dans le jeu...

PERDU !

Pour retenter ta chance, retourne à la page 5.

00 : 30

Tu te déconnectes du jeu et, le cœur battant, tu attends qu'on vienne te chercher. Le milliardaire va-t-il tenir parole ? Sera-t-il fou de rage ?

Enfin, au bout d'une minute interminable, un garde s'approche, l'air maussade.

– Le patron te demande. Suis-moi.

Tu l'accompagnes à travers de longs couloirs jusqu'à une aile du château plus richement décorée encore. Casse-Noisette t'attend derrière un grand bureau laqué. Tu as du mal à deviner ses expressions derrière son masque ridicule. Il te fixe d'un regard impassible, et tu sens que ta dernière heure est arrivée. Enfin, il prend la parole :

– Magnifique.

– Pardon ? bredouilles-tu.

– Magnifique. Tu as compris que j'utilisais un bouclier particulièrement puissant, et tu as trouvé une manière de me vaincre malgré tout, à la loyale. Je me rends compte que j'ai encore beaucoup de chemin à parcourir avant de devenir le meilleur joueur de Fortnite. Pourtant, j'ai un coach excellent.

– Si vous aviez un coach aussi bon que ça, vous ne perdriez pas contre moi, observes-tu.

– En effet. Ce qui amène la question suivante : que dirais-tu de devenir mon entraîneur ?

Tu le regardes, bouche bée.

– Votre entraîneur ?

– Je paie très bien. Tu gagnerais plus en un mois que tes parents en une année complète.

– Je n'en doute pas, mais... sans vouloir vous offenser, vous êtes un meurtrier. Vous avez déjà tué des gens, et vous allez probablement abattre tous les joueurs qui se sont fait éliminer.

– Ils n'étaient pas au niveau.

– Vous non plus, manifestement. Est-ce que, pour autant, vous allez vous suicider ?

Le milliardaire te regarde méchamment.

– Réfléchis à ta réponse, ma patience n'est pas inépuisable.

C'est le moment de vérité. Tu sais que tu as une seule chance de te sortir de ce pétrin avec les honneurs. Pourvu que ce fou soit assez passionné pour accepter.

– Je veux bien vous entraîner, à une condition : vous libérez tous les joueurs que vous avez kidnappés et vous les laissez rentrer tranquillement chez eux. Et, bien sûr, vous n'en enlevez pas d'autres.

– Comment trouver des adversaires, alors ?

– Comme tout le monde, grâce au lobby de Fortnite ?

– Je préfère largement voir les joueurs en chair et en os, grommelle l'homme, aussi boudeur qu'un enfant.

– Vous êtes riche. Organisez un tournoi, dans ce cas ! Proposez une belle récompense, et les joueurs afflueront, j'en suis certain. Et vous passerez pour un mécène, plutôt que pour un monstre.

Tu regrettes un peu d'avoir insulté celui qui tient ta vie entre ses mains, mais c'est sorti tout seul.

Casse-Noisette se tapote la lèvre de l'index, pensif. Puis, soudain, un grand sourire fend son visage.

– Très bien, nous ferons comme tu l'as dit ! Je vais préparer un contrat de travail et une chambre pour toi. Je vais libérer tous les joueurs et les indemniser pour qu'ils renoncent à porter plainte. Et je vais organiser un tournoi formidable, qui fera saliver d'envie les joueurs du monde entier. Même les Américains voudront venir !

Tu hoches la tête, soulagé, tandis que le milliardaire continue à rêver. Tu n'as pas l'intention de le laisser s'en sortir ainsi. C'est quand même un criminel, que tu finiras par piéger et dénoncer aux autorités ! Mais, en acceptant ce poste, tu viens de sauver tous tes compagnons. Tu peux te permettre d'attendre encore un peu... et quand lui ne s'y attendra pas, tu pourras fuir ce bâtiment facilement.

Riche, et par l'entrée principale.

00 : 00

Tu as survécu !

Sais-tu qu'il existe douze autres façons de gagner ? Recommence ton aventure depuis le début pour les découvrir.

05:40

Tu continues ton chemin au milieu des tapisseries, des boiseries et des reproductions de scènes de Fortnite. Non loin de toi, une porte est entrouverte, et tu jettes un coup d'œil dans l'embrasure.

Tu découvres une gigantesque salle de bains, aussi grande que ton appartement tout entier. Une douche à l'italienne, un jacuzzi... et, de nouveau, des mannequins représentant des skins de Fortnite, comme le Reaper, avec sa barbe stylée et son costume d'homme d'affaires, ou Red Knight, un skin tellement rare que tu l'as peu croisé dans tes parties.

Même toi qui adores le jeu, tu commences à frôler l'indigestion.

– Ce milliardaire est complètement fou, murmures-tu en quittant la pièce.

Tu comprends mieux où tu te trouves, désormais : cette aile abrite les appartements privés de ton bourreau. Voilà pourquoi tout est encore plus luxueux ici.

Soudain, tu te figes en entendant un bruit familier :

quelqu'un est en train de taper sur un clavier dans la pièce d'à côté.

Le cœur battant, tu t'approches et tu coules un regard. M. Casse-Noisette te tourne le dos, concentré sur sa partie. Il ricane tout seul en récoltant des ressources.

– N'essayez même pas de me vaincre, abrutis. Mon bouclier est INVULNÉRABLE !

Tu grimaces en te rendant compte qu'il triche. Quel joueur ridicule !

Décidé à mettre fin une fois pour toutes à son empire de terreur, tu te faufiles dans la pièce... et un lourd filet te tombe dessus ! Tu n'as pas le temps de réagir, car son poids te plaque au sol, incapable de bouger.

Le milliardaire lève les yeux au ciel, puis cache soigneusement son personnage dans un coin avant de se retourner.

– Eh bien, je ne pensais pas que quelqu'un parviendrait jusqu'ici ! Félicitations ! J'ignore si tu es un bon joueur à Fortnite, mais tu es un excellent agent secret. Malheureusement, je n'ai pas le temps de discuter avec toi. La partie continue, et je ne veux pas me faire tuer à cause d'une faute d'inattention.

– Vous trichez ! t'indignes-tu, le nez dans la poussière, empêtré dans le filet.

– En effet, c'est l'avantage d'avoir tout organisé. Je n'ai pas encore le niveau pour gagner à tous les coups, mais il est hors de question que je sois éliminé dès le début sans avoir pu profiter à fond de cette formidable partie. Il faut que j'y retourne, d'ailleurs.

Il se rassoit devant son ordinateur, sans la moindre considération pour toi. Tu as beau te débattre, les mailles du filet ne font que se resserrer. Pour toi, l'aventure s'arrête là.

PERDU !

Pour retenter ta chance, retourne à la page 5.

11:10

Jusqu'ici, tu as réussi à t'en sortir en restant discret. Pas question d'abandonner une cachette parfaite.

Tu changes d'arme pour un fusil à pompe et tu te plaques contre le mur, derrière la porte, accroupi pour ne pas te faire remarquer. Soudain, une grenade roule à tes pieds. Ton premier réflexe serait de bouger, mais tu choisis d'encaisser le choc pour ne pas être repéré. L'explosion secoue ton écran. Tu comptais sur ton bouclier et, en effet, il te sauve la vie. Tu es blessé, mais toujours dans le jeu.

Convaincu d'avoir fait le ménage, ton adversaire rentre dans la pièce pour t'achever, mais tu vides ton fusil à pompe dans son dos. Tu changes d'arme au moment où il se retourne, et ta rafale d'arme automatique lui règle son compte.

Tu lootes aussitôt son corps, et tu pousses un cri de joie en trouvant une trousse de soins. Tu vérifies que personne d'autre n'est dans les parages, puis tu passes dix secondes à activer l'objet. Te revoilà en pleine santé ! Tu as sacrifié ton bouclier mais tu es en vie, cela te paraît plutôt valable.

Pendant que tu te battais, le nombre d'adversaires en compétition a encore diminué. La Tempête est aux portes de la ville, et les meilleurs joueurs de la partie sont actuellement en train de s'affronter. Tu restes bien sagement caché tandis que les balles volent de toutes parts.

Ce n'est pas la stratégie la plus courageuse, mais, dans ta situation, c'est la plus efficace. Bientôt, vous n'êtes plus que trois joueurs en lice. Ton kill count est de 2, mais tu as survécu jusqu'à l'affrontement final. Seulement tu sais que ça ne se passera plus aussi facilement, désormais.

Tu promènes ton fusil de sniper autour de la ville pour repérer tes ennemis. L'idéal serait de pouvoir les battre à distance, sans prendre le moindre risque.

Soudain, tu sens ton cœur manquer un battement. Tu les as repérés, juste là ! Ils sont occupés à construire chacun une tour pour prendre l'autre de vitesse. L'un d'eux a un skin de T-rex, l'autre le skin Casse-Noisette. Le milliardaire est donc toujours dans la partie. Tu ne pensais pas qu'il était aussi doué.

Fasciné, tu suis leur combat. Le T-rex est vraiment habile. Il ne prend qu'une seconde pour poser ses escaliers, et sa tour s'élève de plus en plus haut. Au dernier moment, il bondit pour prendre Casse-Noisette à revers et utilise son fusil à pompe pour lui infliger des dégâts atroces.

Et pourtant, la barre du bouclier du milliardaire bouge à peine. Tu fronces les sourcils. Son adversaire l'a-t-il raté ?

Casse-Noisette essaie de viser le T-rex pour riposter, mais il est trop lent, et ce dernier parvient à lâcher deux rafales de SCAG avant de s'éjecter au loin avec une grenade à propulsion. Il joue vraiment bien... mais le bouclier du milliardaire n'a même pas baissé de moitié.

– Il triche, murmures-tu, choqué.

C'est incroyable ! Comment ose-t-il dire qu'il est un fan du jeu alors qu'il n'en respecte pas les règles ? Et que devient sa promesse de laisser la vie sauve au vainqueur, s'il n'accepte pas sa propre défaite ?

Sans grande surprise, le T-rex finit par se faire éliminer sur la durée, et ne reste plus que toi. Tes mains tremblent alors que tu essaies de trouver une solution pour te sortir de ce duel contre un joueur invincible.

Si tu profites de ta cachette pour tenter un headshot avec le fusil de sniper, va à la page 146.

Si tu essaies d'entraîner le milliardaire dans la Tempête, rends-toi à la page 148.

09:00

– Je sais que vous n'êtes pas méchant, vous faites juste votre métier, expliques-tu en essayant de garder une voix posée. Si jamais vous fermez les yeux quelques secondes, le temps que je m'échappe, personne ne vous en voudra, et vous aurez sauvé ma vie. Vous ne pouvez pas aider tout le monde ici, c'est compréhensible, mais vous pouvez aider la personne en face de vous.

Le garde, visiblement ébranlé, abaisse un peu son arme. Il se gratte le menton, perplexe. Puis son regard erre du côté des caméras du couloir.

– Je suis désolé, j'aimerais t'aider, vraiment. Tu m'as l'air sympathique. Mais la sécurité a dû te filmer tout le long du chemin, et je ne pourrai pas effacer ces images. On me demandera où tu es passé et je ne pourrai pas répondre. On est très bien payés, tu sais, mais on exige de nous d'être efficaces et obéissants en retour. Si je ne t'arrête pas, on m'accusera d'être soit incompétent, soit un traître. Dans les deux cas, j'y perdrai la vie.

Il sourit tristement et lève son arme.

– Comme je le disais, tu m'as l'air sympathique. Mais pas au point que je me sacrifie pour toi. Je suis désolé.

– Attendez ! tentes-tu une dernière fois, affolé.

Trop tard. La crosse de son fusil heurte ta tempe, et tout devient noir.

PERDU !

Pour retenter ta chance, retourne à la page 5.

08:00

Tu ne te sens pas très fier, mais Diane semble si sûre d'elle qu'il est difficile de lui donner tort. Et puis tu n'as qu'une envie : sortir de ce piège, quel qu'en soit le coût.

Et quelle que soit la personne qu'il faille sacrifier.

Diane serre fort ta main dans la sienne. Elle n'a pas l'air de t'en vouloir.

– Je compte sur toi. Quand tu seras dehors, pense à nous. Pense à moi.

– C'est promis, murmures-tu.

Elle te regarde droit dans les yeux, puis se détourne. Pendant que tu te dissimules derrière une porte entrebâillée, elle s'élance en direction des deux gardes. Au moment où elle tombe nez à nez avec eux, elle recule d'un pas, l'air stupéfait, une main devant la bouche, dans un mouvement de surprise.

Elle joue magnifiquement la comédie. Tu ne peux t'empêcher d'être impressionné.

– Qu'est-ce que tu fais là, toi ?! gronde l'un des hommes.

– Retourne dans ta chambre immédiatement, ajoute le second en avançant vers elle.

Il tend la main pour l'attraper, mais elle lui glisse entre les doigts et se met à courir dans le couloir. Aussitôt, les deux gardes se lancent à sa poursuite. Le premier sort un talkie-walkie et parle d'une voix hachée :

– Une fille en liberté. Oui, au rez-de-chaussée, direction Tilted Tower.

Tu as bien entendu, il a dit « Tilted Tower ». Tu ne comprends pas pourquoi le garde parle ainsi d'une ville du jeu, mais, après tout, ce n'est plus ton problème. Tu te précipites vers la porte, qui n'est plus protégée, et tu ouvres le verrou. Tu t'attends presque au retentissement d'une alarme, à un autre dispositif de sécurité, mais elle s'ouvre sans difficulté, et tu pousses un soupir de soulagement.

Tu te retrouves dans une allée de graviers qui conduit, un peu plus loin, à un mur d'enceinte. Haletant, tu cours jusqu'à ce rempart et te hisses à la force de tes bras. Tu ne te savais pas aussi fort ; il faut croire que la peur a décuplé ton énergie.

Seulement, au dernier moment, tu t'arrêtes en haut du mur. Il ne te reste plus qu'à sauter à terre, de l'autre côté, pour retrouver ta liberté et prévenir la police. Mais tu te sens quand même vaguement coupable d'abandonner ta courageuse amie.

Si tu fuis pour aller chercher la police, va à la page 152.

Si tu refuses de laisser Diane derrière toi, rends-toi à la page 155.

16:00

Tu n'as pas vu de sortie du côté de la salle de bal, et tu supposes qu'il n'y en a pas non plus dans l'aile où le milliardaire vous a tous enfermés. Cela ne laisse qu'une possibilité : le nord.

Au début, tu avances lentement pour ne pas te faire repérer, mais tu ne peux t'empêcher de presser le pas. Tu n'as pas beaucoup de temps devant toi ; d'une minute à l'autre, les gardes se rendront compte que tu n'es plus dans ta chambre, et la chasse à l'homme commencera.

Tu ris nerveusement en pensant au chrono de Fortnite. Ce n'est pas comme la Tempête, mais ça revient au même : si tu restes trop longtemps dans la mauvaise zone, tu te feras tuer !

Au fil de ta progression, la décoration du château évolue : elle était toujours impressionnante mais devient encore plus chargée et luxueuse. Tu lèves les yeux pour admirer un lustre en forme de bus Fortnite, quand ton sixième sens t'impose de ralentir. Le cœur battant, tu te plaques contre le mur...

... Devant toi, un garde en tenue de Raven est en train

de fumer une cigarette. L'air blasé, il garde une porte richement gravée. Un pas de plus, et c'était terminé pour toi !

Tu attends que ton rythme cardiaque redevienne normal, puis tu réfléchis à tes options. Tu as déjà perdu beaucoup de temps, tu ne peux pas retourner en arrière. Mais comment avancer ?

Si tu comptes sauter par surprise sur le garde pour le neutraliser, rends-toi à la page 54.

Si tu tentes de discuter avec lui, va à la page 56.

Si jamais tu as trouvé un briquet au cours de ton aventure, tu peux essayer de faire diversion à la page 58.

07:35

– Je ne peux pas te laisser te sacrifier pour moi, déclares-tu en bombant le torse. C'est déjà toi qui es venue me chercher dans ma cellule. Alors c'est moi qui vais détourner leur attention.

– Hors de question, j'ai déjà dit que j'allais le faire, proteste Diane.

– Ouais, mais j'ai parlé en dernier, alors j'ai raison.

– C'est un peu nul, comme argument !

– Je sais, mais j'en ai un autre, affirmes-tu.

– Ah oui ? Et c'est qu... Hé !

Diane n'a pas eu le temps de finir sa phrase : tu as déjà bondi de ta cachette pour te mettre à courir devant les deux sbires. Ils te regardent surgir, stupéfaits.

– Qu'est-ce que tu fais là, toi ? s'étonne le premier.

– Hé, vous connaissez les danses Fortnite ? Il y en a une qui devrait vous plaire, te moques-tu.

Avant qu'ils aient pu réagir, tu poses tes doigts en forme de L sur ton front et tu imites la danse du loser. Comme tu t'y attendais, les deux gardes sont furieux.

– Attends qu'on t'attrape ! rugit le premier.

– On va tellement te briser les bras que tu feras la danse Floss en permanence ! confirme le second.

Tu avales difficilement ta salive, la gorge soudainement sèche. Ton plan se déroule très bien – trop bien, même. Tu es parvenu à attirer leur attention, génial ! Lorsqu'ils se précipitent vers toi, tu détales dans la direction opposée.

Tu n'as jamais couru aussi vite de toute ta vie. Un bref coup d'œil derrière toi te confirme que les brutes t'ont pris en chasse. Au loin, tu vois Diane se faufiler à l'extérieur. Au moins, tu auras réussi cette partie. Malgré la terreur qui te noue les tripes, tu n'as jamais été aussi fier de ta vie !

... ta vie qui risque de très bientôt s'écourter si les gardes te rattrapent.

Tu tournes au coin d'un couloir et tu aperçois une porte entrouverte.

Si tu décides de te cacher dans cette pièce, va à la page 156.

Si tu préfères continuer à courir pour semer tes poursuivants, rends-toi à la page 181.

10:15

Tu hoches la tête, et Diane te prend la main pour t'entraîner dans les couloirs.

– Super ! s'écrie-t-elle. À deux, on est plus forts.

Plus forts, peut-être, mais plus discrets, ce n'est pas sûr. Vous vous mettez à courir en comptant sur les tapis pour étouffer le bruit de vos pas. L'ennui, c'est que le château est un véritable labyrinthe. Trois fois de suite, vous êtes obligés de revenir en arrière alors que vous atteignez un cul-de-sac ou que vous apercevez au loin des gardes qui vous tournent le dos. Toutes les fenêtres sont munies de barreaux et vous ne pourrez jamais fuir par ce moyen.

– On irait plus vite si tu n'avais pas de chaussures à talons, observes-tu.

– Oui, eh bien, je n'avais pas prévu de me faire kidnapper, figure-toi, grogne-t-elle en réponse.

Elle hésite une seconde, puis elle se déchausse et continue pieds nus.

– Tu as raison, en fait, c'est beaucoup mieux comme ça.

– J'ai souvent raison.

– Ouais, et si je n'avais pas été là, tu serais encore coincé dans ta chambre, à jouer au jeu pervers de ce milliardaire.

Elle n'a pas tort, elle non plus, et tu t'efforces de trouver une réplique. Tant que vous discutez ainsi, tu parviens à ne pas céder à la peur. Enfin, vous trouvez un escalier sans surveillance, et vous vous retrouvez au rez-de-chaussée.

– On progresse, souffle Diane.

En effet, il doit bien y avoir une porte d'entrée quelque part. Vous vous obstinez, et vous finissez par être récompensés : devant vous se dresse un énorme portail en bois, gravé, lui aussi, de scènes de Fortnite. Tu ne vois pas bien d'ici, mais tu as l'impression qu'il s'agit d'une représentation de joueurs en train d'exécuter toutes les danses du jeu.

Mais ce n'est pas ça le plus important.

Deux gardes se tiennent de part et d'autre de la porte, et ils n'ont pas l'air commodes. Pour l'instant, ils ne vous ont pas aperçus... mais tu ne vois aucun moyen d'emprunter la sortie sans passer devant eux.

– Qu'est-ce qu'on fait ? te demande Diane, soudain inquiète.

– Ton plan pour fuir ne prévoyait pas de gardes armés ?

– Honnêtement, mon plan pour fuir, c'était « fuyons et

on verra bien ». Tu crois qu'on a une chance de les assommer ?

– Je ne sais pas. Ils paraissent plutôt costauds, quand même !

Diane réfléchit une seconde, puis hoche la tête, déterminée.

– Très bien. Dans ce cas, voilà ce qu'on va faire : je vais attirer leur attention, ils vont me pourchasser, et tu en profiteras pour courir.

– Je ne peux pas te laisser tomber ! protestes-tu.

– Il le faut bien. Mais tout ne sera pas perdu. Une fois dehors, va prévenir la police, en espérant qu'elle arrivera à temps pour me sauver... pour nous sauver tous.

Elle semble sérieuse. Elle veut vraiment se sacrifier pour que tu puisses t'échapper.

Si tu acceptes son plan, rends-toi à la page 105.

Si tu préfères essayer d'attaquer les deux gardes avec elle, va à la page 40.

Si tu décides d'inverser les rôles et de te sacrifier, toi, pour qu'elle puisse fuir, file à la page 110.

12:30

Sortir seul et sans arme au milieu d'une zone de guerre serait du suicide. Donc tu patientes, bien dissimulé derrière un distributeur de boissons. Le temps te paraît long et les secondes défilent. Le nombre de victimes aussi : vous n'êtes plus que soixante-cinq joueurs.

Soixante.

Cinquante.

Trente-six.

– Euh, tu te dépêches ? Je te rappelle que je n'ai toujours qu'une pioche dans les mains, et ça me stresse un peu.

– C'est bon, c'est bon, ETA dans une minute.

– ETA ?

– *Estimate Time of Arrival* : c'est de l'anglais, ça signifie que j'arrive.

– Et tu n'aurais pas pu dire « j'arrive », comme quelqu'un de normal, alors ?

Diane se contente de rire, et bientôt tu aperçois son avatar Tête de Tomate qui se faufile dans la rue près de ta cachette. Elle a trouvé un fusil d'assaut sur le chemin et te fait signe de la rejoindre.

– Où as-tu trouvé cette arme ?

– À ton avis ? Dans un coffre, personne ne l'avait encore looté. Bon, première étape : te stuffer un peu. Essaie d'attirer l'attention d'un ennemi.

– Tu veux dire jouer les appâts ?

– C'est ce que je veux dire, oui.

Tu grommelles un peu, pour la forme, mais elle a raison. Tu sors en plein milieu de la rue et te mets à sautiller pour éviter un sniper caché. Bientôt, une rafale de SCAG t'oblige à te cacher d'urgence derrière un mur. L'une des balles t'a salement touché, et tu utilises un pansement pour remonter à 75 % en espérant que Diane sait ce qu'elle fait.

Le tireur embusqué te poursuit avec l'intention de faire un easy kill. Il construit une passerelle jusqu'au toit de la maison et bondit en contrebas pour te tirer dessus à bout portant. C'est un mouvement parfait, digne d'un grand joueur.

La seule chose qu'il n'a pas prévue, c'est Diane, embusquée sur le toit voisin. À peine a-t-il touché le sol qu'elle le fauche d'une rafale de son fusil d'assaut. Il se retourne, perturbé par cette attaque surprise, et tu en profites pour l'achever d'un violent coup de pioche.

Tu lootes le corps aussitôt et récupères avec plaisir quelques armes, des pansements et une grenade.

– Mission accomplie ! se réjouit Diane. Maintenant qu'on a un peu de stuff, il est temps de montrer aux autres qui sont les patrons.

Vous travaillez ensemble en parfaite harmonie, et votre stratégie paie rapidement. L'un de vous attire une victime tandis que l'autre lui tire dans le dos. Diane se débrouille plutôt bien, et tu es fier de voir que tu n'as rien perdu de tes réflexes. Votre kill count monte, et le nombre de joueurs se réduit de plus en plus.

Bientôt, il ne reste plus que vous... et un autre joueur dans le lointain, dans un costume que tu ne connais que trop bien : un pantalon blanc, une veste d'uniforme rouge à épaulettes... c'est Casse-Noisette !

– Voilà notre bourreau, siffles-tu sur Discord.

Tu lâches une rafale dans sa direction, et les balles le frappent de plein fouet, mais son bouclier frémit à peine.

– Je suis sûr de l'avoir touché ! protestes-tu, indigné.

– Oui, c'était un superbe tir, reconnaît Diane. Mais tu pensais vraiment qu'il allait jouer selon les règles ? Il est bien du genre à tricher.

– Et alors ? Triche ou pas, on n'a pas le choix : il faut qu'on le batte !

– Oui, mais comment ?

Tu t'interromps en entendant le bruit familier d'un lance-missiles. Casse-Noisette vous a repérés et riposte avec violence !

Si tu tentes une manœuvre en tenaille pour l'attaquer par-derrière et vaincre son bouclier, va à la page 162.

Si tu préfères essayer de te connecter à son canal Discord pour lui parler, rends-toi à la page 22.

08:25

Tu n'aurais jamais cru voir un jour un tel spectacle. Tu te doutais déjà que le milliardaire prenait Fortnite au sérieux, mais à ce point-là...

– C'est incroyable, souffle Slimane.

Il t'ôte les mots de la bouche. Là, dans ce qui devait être autrefois le jardin du château, se dresse une réplique copie conforme de Tilted Tower. Certains bâtiments ne sont pas encore terminés, et une gigantesque grue a été abandonnée dans un coin, mais tu reconnais bien la maison de briques, le café, le garage, la boutique de tacos et les immeubles de bureaux. Tout cela à taille réelle.

– Ce gars est un malade, reprend Slimane en t'enlevant encore les mots de la bouche.

Au lieu de lui répondre, tu te remets à courir. Vous n'avez pas le temps de bayer aux corneilles, avec les deux gardes à vos trousses. Mais au moins, maintenant, vous êtes dans un endroit que vous connaissez par cœur et qui regorge de cachettes.

– Arrêtez-vous ! ordonne un homme derrière vous. Je vous préviens : je vais tirer !

Aucun de vous ne l'écoute. Tu entends une détonation sèche, puis un impact sur le béton juste à côté de toi. Il ne plaisantait pas !

Tu n'en cours que plus vite, la tête baissée. Tu ne peux t'empêcher de rire nerveusement en te rendant compte que tu imites la position de ton avatar dans une partie de Fortnite.

Au loin, tu aperçois les murs de la propriété. Si jamais tu parviens à les escalader, tu pourras sortir de ce maudit château et aller chercher de l'aide. Mais, sur tes talons, Slimane se tient les côtes en grimaçant.

– J'ai un point de côté, halète-t-il.

Ennuyé, il ajoute :

– Je n'ai jamais été un super sportif.

– Moi non plus, mais on a des gars aux fesses, comme tu l'as peut-être remarqué !

– Laisse-moi ici, je ne ferai que te ralentir !

– Tu ne vas pas me sortir des répliques de films ! On va s'en tirer, tous les deux, tu verras !

Tu as beau le rassurer, la situation n'est pas brillante. Tu as encore une chance d'atteindre les murs, mais tu sais déjà que Slimane ne parviendra jamais à les escalader.

Si tu décides de tenter ta chance seul, va à la page 176.

Si tu préfères te cacher avec lui dans les maisons, rends-toi à la page 168.

07:40

Tu n'y connais pas grand-chose, mais il te semble que le système est protégé par un mot de passe à six chiffres afin d'éviter les interventions de ce genre. Désespéré, tu t'apprêtes à arracher tous les câbles, dans l'espoir de provoquer de gros dégâts, lorsque tu aperçois un Post-it abandonné sur un petit bureau. Le cœur battant, tu t'empares du morceau de papier.

Steph, le mot de passe a changé. C'est désormais la date de sortie du mod Battle Royale Fortnite sur ordi. Tu connais la passion du boss !

Tu réfléchis à toute vitesse. Peux-tu te souvenir de cette date ?

Si oui, additionne les chiffres du jour et de l'année (par exemple, le 16 mai 2014 donnerait 16 + 14, donc 30).

Rends-toi à la page indiquée par le résultat de ton calcul.

Si tu ne connais pas la date, va à la page 170.

07:40

– Vous savez que ça ne peut pas continuer éternellement, expliques-tu en le regardant droit dans les yeux. Après cette partie, des enfants, des adolescents, presque cent personnes vont mourir des mains de votre boss. Et qu'est-ce qu'il va se passer ensuite ? Vous pensez qu'il s'arrêtera là ? Regardez la décoration de son château : tout ici est dédié à Fortnite ! Il enlèvera d'autres joueurs, commettra d'autres crimes.

– M. Casse-Noisette a des soutiens en haut lieu, répond le garde en fronçant les sourcils.

– Bien sûr, mais est-ce que ce sera suffisant ? Il devient de plus en plus fou, et il commet des crimes de plus en plus graves. S'il kidnappe encore cent joueurs de plus, ça ne pourra pas passer inaperçu. Il finira par tomber, dans une semaine, un mois, un an. Et vous tomberez tous avec lui.

– Il peut se passer beaucoup de choses en un an, objecte le garde.

– Il peut aussi se passer beaucoup de choses en un jour, insistes-tu. Laissez-moi passer et je vous promets de dire à la police que vous m'avez aidé. Lorsqu'ils viendront arrêter votre boss, vous serez traité en héros au lieu d'être jeté en prison.

Le garde hésite. Tu as touché une corde sensible. Son regard erre sur les décorations de Fortnite qui servent de moulures au plafond, et il baisse son arme.

– Il n'était pas comme ça, avant, soupire-t-il. Ce jeu l'a vraiment changé. C'était un honneur, de travailler pour lui autrefois, mais aujourd'hui... je ne sais pas, je ne sais plus.

Il prend une profonde inspiration, puis hoche la tête.

– Très bien, je vais te donner un coup de main. Qu'est-ce que tu veux, exactement ?

Tu n'en reviens pas. Tu as réussi à convaincre le garde ! Instantanément, tu te remets à respirer – tu ne t'étais même pas rendu compte que tu étais en apnée. Mais que vas-tu lui demander ?

Si tu veux qu'il facilite ta fuite, va à la page 135.

Si tu lui demandes de t'aider à capturer le milliardaire, rends-toi à la page 138.

08:10

Tu remercies mentalement l'ancien occupant de ta chambre, qui t'a légué ce précieux cadeau. Cela te prend un peu de temps, mais tu parviens à démonter le couvercle de l'ordinateur pour accéder au disque dur, qui doit contenir toutes les archives des caméras de surveillance. Avec ça, tu possèdes toutes les preuves possibles contre le milliardaire. Si jamais tu réussis à t'échapper, tu pourras le faire condamner sans le moindre doute.

Si, au contraire, tu n'y arrives pas, tout ce que tu as fait n'aura servi à rien. Remonté à bloc, tu te décides à faire sauter les plombs dans tout le château.

Va à la page 122, mais note que tu viens de trouver un disque dur contenant des preuves contre Casse-Noisette.

18:12

Hors de question de laisser passer cette opportunité ! Tu jettes un coup d'œil dans le couloir, mais tout est calme pour l'instant. Les gardes sont encore en train d'accompagner les derniers joueurs et tu ne vois personne à l'horizon.

Tu prends une grande inspiration et tu sors de ta chambre en prenant bien soin de refermer derrière toi pour que personne ne se doute de la supercherie. Toutefois, tu vas devoir être rapide, car les gardes ne tarderont pas à s'apercevoir que quelqu'un ne s'est pas connecté au jeu.

Mais dans quelle direction aller ? Cet endroit est si gigantesque que tu risques de te perdre !

Si tu pars vers le sud, vers les chambres des autres joueurs, va à la page 197.

Si tu choisis l'ouest, vers la salle de bal, rends-toi à la page 38.

Si tu préfères le nord, que tu ne connais pas encore, rejoins la page 108.

08:25

L'ennemi de ton ennemi est ton ami ? Tu parles ! Hors de question que tu libères des créatures aussi dangereuses. Peut-être qu'elles parviendraient à se venger de leur bourreau, mais tu finirais mangé bien avant, et ça ne te tente pas.

– Désolé, ce n'est pas contre vous, mais je crois que je ne vais pas vous aider, murmures-tu en jetant un regard nerveux à l'Experte des Câlins.

Ragnarök fronce les sourcils. Tu sens qu'il s'efforce difficilement de garder son sang-froid et se retient de te hurler dessus.

– Ne fais pas cette erreur. C'est une chance unique pour toi... et pour nous.

– Ouais, mais non, merci, je passe mon tour.

Tu te glisses dans le couloir et refermes la porte, et c'est alors que tu entends une horrible cacophonie. Les créatures se jettent de tout leur poids contre leurs cages, en hurlant à pleine gorge. Le résultat ressemble à un mélange d'une chanson de B2O et d'un accident de voiture. Les murs tremblent, et tu te bouches les oreilles pour atténuer ce vacarme infernal.

– Arrêtez, supplies-tu en rouvrant la porte, vous allez alerter les gardes !

Les prisonniers n'entendent pas tes paroles et, à voir le regard furieux que te lance Ragnarök, ils ne t'obéiraient pas, de toute façon. Désespéré, tu repars et te mets à courir au hasard dans les couloirs.

Tu n'as fait que quelques pas lorsque tu croises un groupe de gardes venus voir ce qui se passait. En t'apercevant, ils dégainent leurs armes et t'aboient des ordres, mais tu ne les entends pas. Dans le doute, tu lèves les mains en l'air, et tu ne comprends pas lorsqu'ils te mettent en joue.

La dernière chose que tu ressens, c'est un impact sourd au niveau de ta poitrine.

PERDU !

Pour retenter ta chance, retourne à la page 5.

14:10

– Je suis désolé, mais je ne veux pas prendre ce risque, réponds-tu en lui fermant la porte au visage.

Tu ne veux pas te montrer désagréable, mais chaque seconde compte et ton personnage est livré à lui-même tant que tu n'es pas devant ton écran. Il suffirait d'une seule personne, d'un peu de malchance, pour que tu aies déjà perdu.

Tu te précipites sur ton siège et pousses un soupir de soulagement : tu as atterri quelque part dans la campagne, et tout est calme autour de toi. Tout n'est pas perdu.

Tu entreprends de te diriger vers un pâté de maisons que tu aperçois au loin, tout en récoltant du bois au passage. Sur l'écran, le compteur indique que vingt-trois joueurs sont déjà morts, et tu n'es pas l'un d'eux – c'est déjà ça.

Tu finis par atteindre la première maison, mais ses murs brisés te confirment que quelqu'un est déjà passé par là. Tu pousses un juron et fais le tour des autres bâtisses : elles ont toutes été pillées.

Aucune des parties que tu jouais dans ta chambre n'a commencé aussi mal. Tu n'as toujours que ta pioche, tandis que les autres sont probablement armés jusqu'aux dents. Tu n'auras aucune chance si tu te rends maintenant à Tilted Tower, alors tu avances de biais pour rejoindre le petit hameau de Salty Springs.

Là encore, tu arrives trop tard. Les bâtiments ont déjà essuyé des tirs, et tu vois des corps sur le sol. Tu t'approches, en espérant qu'il reste du matériel à récupérer, lorsqu'un reflet de lumière attire ton attention.

Là, sur le toit... un sniper ! Tu essaies d'esquiver mais le milliardaire n'a réuni que d'excellents joueurs et ton adversaire a prévu ton saut.

Boom, headshot. Ton personnage disparaît. Tu jettes ta souris de côté, furieux, et soudain effrayé.

La porte ! Tu te souviens qu'elle était ouverte ! Tu as peut-être encore le temps de fuir !

Tu te précipites vers la sortie, et tu arrives dans le couloir en même temps que les gardes venus te chercher. Ils écarquillent les yeux en te voyant jaillir devant eux et sortent leurs armes sans hésiter.

– Attendez ! cries-tu.

Peine perdue. Une balle te frappe l'épaule, une autre te touche le ventre, puis tu ne sens plus rien.

PERDU !

Pour retenter ta chance, retourne à la page 5.

03:20

Tu t'acharnes pendant une bonne minute sur la plaque de métal, mais elle refuse de céder, et tu finis par abandonner. Tu es un peu déçu, parce que ces canalisations te paraissaient être une bonne idée. Peut-être pourras-tu trouver une autre entrée ailleurs...

Tu déambules dans les couloirs, de plus en plus désespéré. Le temps passe et tu n'as toujours pas avancé d'un pouce. Tu n'es même pas surpris lorsque tu entends soudain un cri derrière toi et que tu aperçois deux gardes qui te prennent en chasse. Tu te mets à courir mais le cœur n'y est plus. Depuis le début, tu as l'impression que tu as fait les mauvais choix, ça ne pouvait se terminer qu'ainsi.

Au détour d'un couloir, l'un des gardes te rattrape, et tu tombes lourdement. Tu essaies de te débattre, mais il est trop fort pour toi, et il te donne un violent coup de matraque sur le côté du crâne.

Tout devient noir.

PERDU !

Pour retenter ta chance, retourne à la page 5.

15:25

Tu déverrouilles la porte sans hésiter. Quelle que soit la personne derrière, elle est prisonnière comme toi, et tu as besoin d'alliés. Avec un peu de chance, ce sera quelqu'un que tu connais déjà – Diane, par exemple.

Le verrou cède facilement, et tu pénètres dans la chambre. C'est une copie conforme de la tienne : le lit, la penderie, le bureau, l'ordinateur, le lustre au plafond, tout est identique.

Un garçon de ton âge, aux cheveux bruns mi-longs, est concentré sur sa partie. Lorsqu'il sent ta présence, il pousse un cri et se tourne vers toi en levant les mains pour se protéger le visage.

– Ne me tuez pas ! supplie-t-il.

– Du calme, je suis de ton côté, le rassures-tu aussitôt.

Il cligne des yeux, surpris.

– Qu'est-ce que tu fais là, alors ?

– À ton avis ? J'essaie de m'échapper. Ça t'intéresse ?

– Pourquoi moi ?

– Parce que ta porte est la première que j'ouvre. *Lapinette Bagarreuse* ? Sérieusement ?

– C'est pas moi qui ai choisi mon avatar, grommelle-t-il. (Il jette un dernier regard à son écran et soupire.) Autant aller avec toi ; de toute façon, je n'ai aucune chance de gagner cette partie. Les autres sont bien meilleurs que moi, et je n'ai rien trouvé d'intéressant dans mes deux premiers coffres. Au fait, je m'appelle Slimane.

– Enchanté, Slimane. On fera des présentations plus complètes plus tard. Il faut qu'on décampe.

Vous sortez dans le couloir, mais le garçon t'arrête alors que tu allais filer.

– Attends ! Et si on libérait tous les autres ? Ensemble, on sera plus forts. Et puis ça créera une diversion !

Il n'a pas tort. Aussitôt, vous commencez à ouvrir les verrous, et les joueurs se précipitent hors de leurs chambres pour vous aider. Bientôt, vous êtes une dizaine, et ce nombre ne cesse d'augmenter.

Hélas, un tel remue-ménage attire vite l'attention des gardes. Plusieurs d'entre eux arrivent en courant, fusil dans les mains.

– Rentrez dans vos chambres ou nous tirons ! hurlent-ils.

Dans la confusion, certains hésitent, d'autres obéissent. Tu serres les poings, frustré. Tu as perdu tellement de temps dans cette évasion ratée que tu ne pourras jamais gagner cette partie de Fortnite. Perdu pour perdu, tu n'as aucun intérêt à leur obéir. Il faut fuir !

Si tu possèdes un briquet, tu peux essayer de mettre le feu à une tapisserie pour faire diversion. Rends-toi alors à la page 193.

Si tu préfères ne pas l'utiliser ou si tu n'en as pas, prends tes jambes à ton cou et dirige-toi à la page 75.

03:40

– Est-ce que vous pouvez me faire sortir d'ici ? demandes-tu, les yeux brillants. Je vous promets que je dirai à tout le monde que vous m'avez aidé. Si jamais la police vient arrêter votre boss, vous serez traité en héros.

– Je ne préfère pas, grommelle le garde. Si les autres se rendent compte que je les ai trahis, je vais avoir des problèmes. Non, dis aux policiers de m'enfermer comme tout le monde. Ensuite seulement, ils pourront me relâcher. Dis-leur... (Il hésite.) Dis-leur que je témoignerai contre Casse-Noisette. Il faut que ses crimes cessent.

Tu lui promets tout ce qu'il veut, puis il te prend par l'épaule pour te pousser dans un couloir, dans un autre encore, puis une cage d'escalier. Tu t'émerveilles de la taille du château. Ignorant le trajet, tu aurais pu tourner pendant des heures sans trouver ce passage.

Ton ange gardien avance d'un bon pas et tu dois presque courir pour te maintenir à sa hauteur. Par deux fois, vous croisez des patrouilles, mais le garde ne se laisse pas démonter.

– Laissez-moi passer, je ramène ce prisonnier à sa chambre. Ordre du boss.

À chaque fois, les hommes s'écartent, et vous continuez votre chemin. Enfin, vous apercevez une grande porte qui donne sur la cour extérieure. La liberté, enfin ! Hélas, deux autres soldats sont postés juste devant.

– Ouvrez-moi, il faut que j'amène ce prisonnier en ville, ordonne ton garde. Il possède des dossiers sur Fortnite que Casse-Noisette aimerait récupérer.

– Tu es sûr ? s'étonne l'un d'eux. On n'en a pas entendu parler.

– Désolé, déclare le second, navré. On va devoir confirmer l'ordre. C'est pas qu'on ne te fait pas confiance, mais tu connais les procédures.

– Pas de souci, répond ton gardien sans laisser voir sa nervosité.

Il attend que son collègue s'empare de son talkie-walkie pour lui donner un violent coup de pied dans l'entrejambe. Il enchaîne par un crochet à la mâchoire du second garde, mais celui-ci ne se laisse pas prendre par surprise. Tous deux luttent au sol tandis que tu essaies de trouver un angle pour frapper l'ennemi et aider ton allié.

Malheureusement, l'autre garde se rétablit plus vite que prévu. Tu entends sa voix derrière toi :

– Alerte ! Alerte ! Besoin de renforts à l'entrée !

Tu te tournes vers lui, mais il est trop tard. Il a sorti un revolver de son holster et te tire dessus à bout portant, sans la moindre pitié.

Tu étais si près de la liberté… Quel dommage !

PERDU !

Pour retenter ta chance, retourne à la page 5.

02:10

– Je ne peux pas partir en laissant tout le monde à la merci de ce malade, déclares-tu. Le mieux, c'est de le mettre hors d'état de nuire maintenant.

– Je ne veux pas briser tes illusions, mais même si je te donne un coup de main, nous ne sommes que deux, et il y a plus de vingt gardes armés jusqu'aux dents dans son château.

– Peut-être, admets-tu en souriant, mais ils ne sont pas dans sa chambre, pas vrai ? On verra comment les gérer une fois qu'on aura réussi à capturer leur boss.

L'homme te regarde, avec un léger sourire.

– Tu ne fais pas les choses à moitié, hein ? OK, je vais t'aider. Suis-moi.

Il ouvre la porte qu'il gardait et vous pénétrez tous les deux dans une aile encore plus richement décorée que le reste du bâtiment. Des tableaux, des tentures et des statues exposant divers skins de Fortnite ou des représentations artistiques des villes encombrent chaque recoin de couloir.

Vous avancez pendant ce qui te semble une éternité, puis le garde porte un doigt à ses lèvres pour te faire signe de garder le silence. Il désigne une porte entrouverte, derrière laquelle tu entends un homme parler pour lui-même. Le milliardaire est en pleine partie de Fortnite avec ses prisonniers, et il est occupé à la commenter à haute voix.

– Ha ha ! C'était bien tenté, mais trop lent ! ricane-t-il. Ah, super, un fusil d'assaut légendaire ! Bon, il va falloir que je bouge un peu, la Tempête se rapproche.

Toujours sans un bruit, le garde passe une main à travers l'embrasure de la porte et tape un code sur un petit boîtier que tu n'avais pas vu. Une lueur verte apparaît, et ton allié pousse un soupir de soulagement.

– L'entrée de sa chambre est piégée, c'est un vrai parano. Mais je viens de désactiver le système. Suis-moi.

Casse-Noisette n'a rien remarqué, tant il est concentré sur le jeu. Il ne se rend compte de votre présence qu'au moment où le canon du revolver du garde se pose sur sa tempe.

– Pas un geste, boss, déclare froidement l'homme. Je n'ai besoin que d'une petite excuse pour vous faire sauter la cervelle.

– Pas maintenant ! gémit le milliardaire, la voix suppliante. Je suis en train de gagner la partie !

Tu es décontenancé par son ton. Alors que tu t'attendais à affronter un homme arrogant et directif, tu découvres un individu presque pathétique. Il décolle à peine ses yeux de l'écran et continue à construire une tour dans le but de tendre une embuscade à un joueur devant lui.

Tu ne vois qu'une manière de capter son attention. Sans hésiter, tu te penches et tu arraches le câble d'alimentation de son ordinateur. Aussitôt, l'écran s'obscurcit, et le milliardaire pousse un cri perçant.

– Non !!! Comment avez-vous osé ?!

Va à la page 80.

05:40

– Soyons honnêtes : je n'ai aucune chance contre des joueurs aussi doués que ceux qui sont réunis ici. Toi, en revanche...

– Tu veux que je joue ? s'étonne Hermann, avant de sourire pour la première fois. Après tout, pourquoi pas ?! Casse-Noisette est super fier de ses progrès, mais il n'a aucun talent. Je suis sûr que je pourrais le battre même avec une main dans le dos !

– Euh, oui, sans doute, mais avec les deux mains, ce serait mieux, observes-tu.

Hermann éclate de rire, puis il te suit à travers les couloirs jusqu'à ta chambre. Par deux fois, vous devez vous plaquer contre un mur pour ne pas attirer l'attention, mais la plupart des gardes sont occupés et ne vous remarquent pas.

– Bon, voyons si tu es toujours en vie, déclare le garçon en s'installant dans ton fauteuil.

Tu n'as pas touché au jeu depuis que tu es sorti de ta chambre, et ton personnage a atterri en pleine cambrousse. Par chance, personne ne s'est approché de lui et la Tempête fait rage de l'autre côté de la carte ; tu es donc toujours là, même si tu n'as pas le moindre équipement.

Tu jettes un coup d'œil aux informations : il ne reste plus que seize joueurs en lice.

– Tout est encore possible ! se réjouit Hermann.

– On n'a aucun stuff, alors que les autres sont armés jusqu'aux dents. Comment tu comptes t'y prendre ?

– Il y a toujours une solution, même dans les situations les plus désespérées, répond Hermann sur un ton mystérieux. Bon, la Tempête se trouve à l'est de la map et se déplace vers Tilted Tower. Allons voir au sud des Haunted Hills.

– Pourquoi là-bas ?

– Peu de gens y sautent, et la plupart de ceux qui atterrissent à Pleasant Park se rendent directement à la capitale dès qu'ils ont les armes nécessaires. C'est rare qu'ils fassent un crochet. On verra bientôt si j'ai raison.

Ton personnage avance en sautant sur place pour éviter les snipers, et Hermann sourit jusqu'aux oreilles en apercevant les contreforts des Haunted Hills.

– Et voilà, personne n'est passé par ici ! Il est temps de faire une razzia sur les coffres.

Il en ouvre un, deux, puis trois, à des endroits que tu n'aurais même pas imaginés. Il est bien plus rapide que toi, détruisant les cloisons en quelques coups efficaces pour atteindre directement l'emplacement de chaque coffre. Bientôt, ton personnage possède suffisamment d'armes, de munitions, de pansements et de potions pour revenir dans la course.

– Et maintenant, c'est parti pour l'affrontement ! ricane Hermann.

Il se dirige vers Tilted Tower tandis que la Tempête se rapproche et que le nombre de morts ne cesse d'augmenter. Quand il atteint enfin les contreforts de la ville, vous n'êtes plus que cinq en lice.

Un joueur jaillit d'une cachette pour vous canarder, mais Hermann crée une barrière pour se protéger, puis des escaliers, à une vitesse phénoménale. Il était déjà bon quand il streamait, mais ces mois passés à ne rien faire d'autre sous les ordres d'un fou mégalomane lui ont donné une maîtrise incroyable des techniques de jeu. Son adversaire n'a pas le temps de réagir : il se prend un headshot. Hermann récupère un lance-missiles et se débarrasse d'un autre ennemi tandis qu'un combat fait rage dans le lointain.

La poussière retombe. Il ne reste plus qu'un seul joueur.

– À présent, l'affrontement final contre Casse-Noisette ! s'écrie joyeusement Hermann.

– Comment sais-tu que c'est lui ? demandes-tu.

– Parce qu'il triche !

Va à la page 62 pour gérer ce dernier combat.

03:00

– Je connais par cœur le chemin qui mène aux appartements de Casse-Noisette, explique Hermann. J'y ai passé suffisamment de temps à lui donner des cours.

Tu suis ton nouvel allié à travers les couloirs recouverts de tapis épais, jusqu'à une porte entrouverte. Tu jettes un coup d'œil dans l'embrasure et aperçois le milliardaire, de dos, concentré sur sa partie de Fortnite.

Tu mimes à Hermann une double attaque et il hoche la tête. Vous vous lancez en même temps à travers la pièce pour maîtriser votre ennemi, mais à peine as-tu posé le pied dans le bureau que tu sens que quelque chose cloche.

– Attention ! cries-tu.

Un épais filet tombe sur toi et ton complice, et vous vous retrouvez tous les deux empêtrés dans ses mailles. Le milliardaire lève les yeux de sa partie avec un soupir à fendre l'âme.

– Vous vous rendez compte que vous m'interrompez au moment le plus intéressant ? Qu'est-ce que nous avons là ? Ah, tiens, Hermann. Tu pensais vraiment réussir à me battre sur mon propre terrain ? Rassure-toi, je ne vais pas te tuer, je vais simplement te ramener dans ta cellule comme un bon toutou. J'ai toujours besoin de tes conseils, tu sais. Quant à toi...

Ses yeux cruels se posent sur toi. Il aurait l'air ridicule dans son déguisement de Casse-Noisette s'il n'était pas aussi fou. Il se penche sur son bureau et sort un revolver, lui aussi réplique parfaite de celui de Fortnite.

– ... j'ai bien peur que tu n'aies commis ta dernière erreur.

Il appuie sur la détente, et tout devient noir.

PERDU !

Pour retenter ta chance, retourne à la page 5.

07:10

Tu sais que les fusils de sniper sont les armes les plus techniques du jeu. Bien que leur temps de rechargement soit le plus long, ils font le plus de dégâts – particulièrement en cas de headshot.

Tu sais que tu n'as pas le droit à l'erreur, en particulier si ton adversaire triche et possède un puissant bouclier. Tu prends donc ton temps pour ajuster ton tir. Heureusement, le milliardaire ne possède pas tous les réflexes d'un joueur de Fortnite expérimenté. Il perd du temps à looter le corps de sa dernière victime, alors qu'il devrait se préoccuper de ta localisation. Tu en profites pour aligner au mieux les optiques. Tu retiens ta respiration. Tu n'auras qu'une seule chance. Si cette balle le rate, il saura où tu es, et le combat deviendra bien plus compliqué.

– Prends ça ! siffles-tu en cliquant sur ta souris.

C'est un tir parfait, sans doute le meilleur que tu aies jamais effectué. La balle frappe ton ennemi en plein visage, et tu vois s'afficher le chiffre des dégâts : 280 ! Tu dois avoir réussi un critique, en plus du headshot, pour atteindre un

DEAD

tel résultat. De quoi tuer n'importe quel joueur, même avec un bouclier à fond !

Mais celui du milliardaire absorbe l'attaque sans sourciller. Enfin non, pas *sans sourciller*. Tu as l'impression que tu as baissé sa barre d'un quart. Formidable. Il a codé son serveur privé pour se donner un bouclier de 1 000 points.

Tu ne perds pas espoir et tu vises de nouveau. Vite, le temps est compté ! Si ton ennemi est vraiment mauvais, peut-être parviendras-tu à lui infliger ces 1 000 dégâts, surtout en réussissant d'autres headshots.

Malheureusement, en plus d'être un tricheur, Casse-Noisette est plutôt doué. Il n'a pas le niveau d'un professionnel, mais il est assez fort pour te mettre en difficulté. Tu n'as pas de bouclier cheaté, toi, et tu finis par tomber, suite à une rafale de fusil d'assaut.

Tu regardes stupidement l'écran alors que ton ennemi réalise la danse Fresh. Tu viens de voir s'échapper ta seule chance de survivre à ce jeu pervers.

PERDU !

Pour retenter ta chance, retourne à la page 5.

02:20

Tu ne vois pas comment vaincre un ennemi aussi puissant. S'il triche et s'il possède vraiment un bouclier inépuisable, alors tu n'as aucune chance.

Soudain, tu te rappelles tes premières parties de Fortnite, alors que tu n'en connaissais pas encore bien les règles. Tu avais bu une potion de bouclier et tu pensais que ça te protégerait de la Tempête. Tu t'étais vite rendu compte que ce n'était pas le cas et tu avais perdu la partie lamentablement.

Car la Tempête ne tient pas compte du bouclier des joueurs.

LA TEMPÊTE NE TIENT PAS COMPTE DU BOUCLIER DES JOUEURS.

Ton idée est si simple que tu ne peux t'empêcher de rire nerveusement. Ton seul espoir, c'est que ton adversaire, tellement convaincu de son invincibilité, ne réfléchisse pas.

Tu ajustes ton tir sans même chercher à faire un headshot, et ta balle de sniper va le heurter en plein corps. Bien sûr, tu ne vois aucun résultat tangible. Le milliardaire se tourne vers toi et riposte avec un lance-missiles. Tu te jettes de ta cachette au dernier moment et parviens à esquiver le souffle. Mais, déjà, une deuxième attaque t'oblige à te réfugier derrière un mur à moitié éventré.

Tu attends qu'il se rapproche, puis tu fuis dans la rue adjacente. Encore une fois. Et encore une fois. De plus en plus près de la Tempête.

Ton écran annonce qu'elle va s'étendre dans dix secondes. Tu espères de toutes tes forces que Casse-Noisette ne va pas y prêter attention, trop focalisé sur toi et sur ton inéluctable défaite. Un nouveau tir te contraint à courir en crabe. Tu vérifies ton stock de pansements : parfait, tu as de quoi voir venir.

5. 4. 3. 2. 1.

0.

La Tempête s'étend et t'englobe, avant d'engloutir le milliardaire. Tu vois ta barre de vie descendre, mais tu t'y attendais, et tu te caches du mieux que tu peux en encaissant le premier tick de dégâts. Tu places aussitôt un Feu de Camp, qui te guérit de 2 PV par seconde, et tu commences à utiliser une trousse de soins. Elle ne fait effet qu'au bout de dix secondes, et tu grimaces en voyant ta vie baisser de plus en plus ; mais tu t'es déjà trouvé dans cette situation et tu sais que ça fonctionne.

Tu tombes autour de 15 points de vie, puis tu remontes d'un coup à 100.

Maintenant, tout repose sur l'inexpérience du milliardaire et sur l'espoir qu'il n'a pas lui aussi utilisé cette stratégie. S'il s'y est pris trop tard, la trousse ne lui servira plus à rien.

Tu jettes un coup d'œil hors de ta cachette et réprimes un cri de joie. Ton adversaire a perdu les trois quarts de sa barre de vie. Il a réussi à sortir de la zone dangereuse, mais tu as désormais la preuve qu'il n'est pas invulnérable.

Il ne te reste plus qu'à le remettre dans la Tempête, et tu as tout ce qu'il te faut pour ce faire. En ricanant, tu lances une grenade à impulsion juste derrière lui. Trop occupé à essayer de se healer, il réagit trop tard. Tu fais d'une pierre deux coups, interrompant sa trousse de soins et le projetant, la tête la première, dans la Tempête. À peine a-t-il compris ce que tu venais de faire que tu lances ta deuxième et dernière grenade. Il est de nouveau projeté, encore plus loin.

Ta vie à toi n'a cessé de baisser et tu te précipites en dehors de la Tempête. Tu te laisses tomber derrière un immeuble en ruine, et tu essuies la sueur qui perle à ton front. Il te reste 6 points de vie ! La moindre égratignure pourrait t'être fatale.

Tu lances un pansement pour temporiser, mais c'est superflu : tout à coup, ton écran s'illumine... Ton adversaire vient de mourir, et tu es top 1 !

Tu hésites à exécuter la danse du loser, car tu n'es pas sûr de vouloir vexer davantage celui qui tient ta vie entre ses mains. Alors tu te contentes d'un simple Hootenanny, ça fait toujours plaisir !

Va à la page 93.

02:15

Tu ne vois pas bien ce que tu pourrais faire de plus ici. Si tu te fais attraper, tout est perdu. Là, au moins, tu as une chance de prévenir la police.

Tu atterris sur la route à l'extérieur de la propriété et tu te mets à courir à petites foulées, prêt à te réfugier dans les fourrés si jamais quelqu'un se lance à ta poursuite. Mais personne ne semble à ta recherche. Diane a bien réussi son coup, et les gardes ne se sont pas encore rendu compte que tu avais disparu.

Tu arrives enfin, haletant, dans le village le plus proche. Malgré l'heure avancée, il y a une permanence au commissariat, et tu te précipites dans les locaux.

– Il faut que vous les aidiez ! cries-tu au fonctionnaire de service.

Celui-ci se lève, surpris par cette irruption.

– Aider qui ? Qu'est-ce qui t'arrive, enfin ?

– Le milliardaire ! Casse-Noisette ! Il a enlevé plus de cent personnes ! J'ai réussi à m'enfuir !

– Casse-qui ? répète l'homme, incrédule.

– Casse-Noisette ! C'est un skin Fortnite, avec un pantalon blanc et une tête super chelou !

– Super chelou, hein ? répète encore le policier. Et donc, ce milliardaire a enlevé plein de monde ?

– Oui ! Aidez-les ! Il a dit que s'ils ne gagnaient pas la partie, il les tuerait.

– La partie de Fortnite ?

– C'est ça !

– Tu ne te moquerais pas un peu de moi, par hasard ?

– Je vous jure que c'est vrai ! insistes-tu.

– C'est ça ! Et moi, j'ai commis des crimes dans Minecraft. Allez, sors de là avant que je te botte les fesses.

Tu as bien conscience que tout ça doit sembler dur à croire, mais tu espérais quand même que la police t'écouterait. Au lieu de ça, tu te retrouves dehors, sur le perron du commissariat, bien vivant, mais impuissant.

Bravo, tu as réussi à survivre à cette nuit d'horreur et à cette improbable partie de Fortnite. Malheureusement, tu n'es pas parvenu à convaincre la police à temps, et tu ne pourras pas sauver les autres – pas même la pauvre Diane, qui s'est sacrifiée pour toi.

00 : 00

Tu as survécu !

Sais-tu qu'il existe douze autres façons de gagner ? Recommence ton aventure depuis le début pour les découvrir.

01:30

Tu n'as aucune envie de laisser Diane derrière toi après son courageux sacrifice. Si jamais elle ne s'est pas encore fait attraper, tu peux, toi aussi, tenter de créer une diversion.

Tu retournes sur tes pas et, sans hésiter une seconde, tu jettes un lourd pavé sur une fenêtre, puis sur une autre. Le verre éclate en morceaux, et de nombreuses alarmes se déclenchent dans tout le château. Des lumières s'allument un peu partout tandis que des projecteurs te traquent.

Vas-tu payer cher ton élan d'héroïsme ? Tu vas vite le savoir.

Si le prénom de ton meilleur ami ou de ta meilleure amie commence par une lettre située entre A et L, va à la page 48.

S'il commence par une lettre située entre M et Z, va à la page 190.

(Et ne t'avise pas de tricher, on t'a à l'œil !)

06:10

Le cœur battant, tu te précipites dans la pièce et refermes à moitié la porte sur toi. Tu aperçois un grand bureau et tu te glisses à quatre pattes dessous.

Des bruits de pas s'arrêtent presque aussitôt devant la porte. Un rai de lumière vient éclairer la pièce tandis qu'un garde y jette un coup d'œil rapide. Tu oses à peine respirer, de peur de révéler ta position.

Finalement, après un temps qui te paraît infini, le garde repart pour rejoindre son collègue et te chercher ailleurs dans la demeure.

C'est là que tu commences à saisir le mauvais côté de ton plan : tu es peut-être bien caché, mais tu ne pourras pas rester éternellement ici. Si les hommes de main ne te trouvent pas dans les couloirs, ils fouilleront plus en détail chacune des pièces, et ils finiront par te débusquer.

C'est alors que tu entends un bruit de verre brisé. Une fois, deux fois, trois fois.

– Coucou ! Je suis là ! crie une voix féminine de l'extérieur.

Tu ne peux pas t'empêcher de sourire. Diane ne t'a pas laissé tomber. Tu lui as offert une diversion, elle t'en fournit une à son tour. Tu entends des cris, des appels, et les gardes passent de nouveau devant ta cachette en courant. Tu attends l'espace de quelques battements de cœur avant de te faufiler hors de la pièce.

Il y a du verre partout dans le couloir. La jeune fille n'y est pas allée de main morte : elle a lancé des cailloux sur toutes les fenêtres que tu peux voir. Les gardes sont en train de la pourchasser dans le parc, à la lumière de leurs lampes torches.

Tu en profites pour sortir à l'extérieur, sans que personne t'arrête. Tu rentres la tête dans les épaules en entendant une détonation de revolver. C'est beaucoup plus réaliste que dans Fortnite, mais ce n'est pas toi qui es visé.

Tu avances au jugé dans la cour de gravier, et tu longes le mur d'enceinte qui délimite la propriété, lorsqu'une main se pose sur ton épaule. Tu pousses un cri de terreur et tu te retournes dans une pseudo-posture de karaté.

Derrière toi, Diane te regarde avec des yeux rieurs.

– Eh bien, tu ferais presque peur, comme ça ! Allez, viens, il faut filer.

Elle te prend par la main et se met à courir vers le mur d'enceinte.

– Pourquoi tu es revenue pour moi ? protestes-tu. C'était dangereux !

– Et toi, pourquoi tu poses des questions idiotes alors que tu devrais être en train de courir ? réplique-t-elle.

Tu ne trouves rien d'intelligent à répondre. Vous arrivez au pied du mur. Tu lui fais la courte échelle avant de grimper à ton tour, et vous atterrissez sur une route départementale déserte.

Le prochain village ne doit pas être tout proche, mais ça ne vous empêche pas de courir tous les deux, main dans la main, en écoutant les sirènes et les alarmes faiblir dans le lointain.

Vos deux témoignages vous permettront certainement de convaincre la police et de faire tomber ce milliardaire fou – en tout cas, tu l'espères. Au minimum, ça l'obligera à faire profil bas pendant un bon moment.

Mais ce n'est pas le plus important, là, maintenant.

Le plus important, c'est que tu as frôlé la mort plusieurs fois et que tu es en vie, courant à en perdre haleine dans la forêt, avec Diane à tes côtés.

00 : 00

Tu as survécu !

Sais-tu qu'il existe douze autres façons de gagner ? Recommence ton aventure depuis le début pour les découvrir.

03:25

Tu arrives enfin devant le commissariat de la ville, épuisé, les cheveux en bataille, les traits tirés. Le policier de garde te reçoit avec méfiance, et tu lui racontes d'un trait toute ton histoire. Le temps presse, si tu espères que les autres puissent être sauvés !

– Vite ! Casse-Noisette nous a séquestrés ! J'ai réussi à m'enfuir en piratant son système informatique – c'était facile : le code était la date de sortie de Fortnite –, et leur chef est un fan de Fortnite – je comprends, parce que c'est un super jeu, mais lui, il est allé trop loin –, il s'est déguisé avec son pantalon blanc, et moi, j'étais Double Zéro, et il y avait des gardes armés, et il a gravé la carte de Fortnite sur le sol de sa salle de bal !

Tu as tellement de choses à raconter que les mots trébuchent les uns sur les autres, et le policier te prie de ralentir. Tu t'expliques de nouveau, frustré qu'il ne comprenne pas.

Une fois que tu as enfin tout dit, il te jette un regard mi-amusé, mi-exaspéré.

– Et donc tu as réussi à t'enfuir ?

– Oui ! Et il faut l'arrêter avant qu'il ne fasse d'autres victimes.

– Quel est le numéro de tes parents ?

Tu le lui donnes, et il te demande de le suivre. Confiant, tu l'accompagnes... jusqu'à une cellule. Il te jette dedans sans ménagement et referme la porte.

– Vous travaillez pour lui ! t'écries-tu, fou de rage.

– Moi ?! s'étonne le policier. Pas du tout. Je fais juste mon travail. Je vais appeler tes parents pour qu'ils viennent te récupérer ici. Tu as manifestement fait une fugue, et tu as des problèmes psychologiques. Ne t'inquiète pas, tu seras bien pris en charge.

Tu as beau rager et tempêter, il ne t'écoute plus. Tu es forcé de rester assis dans cette nouvelle cellule, à attendre que tes parents arrivent. Peut-être eux t'écouteront-ils, mais, de toute façon, tu n'as plus aucune chance de coincer ce maudit milliardaire.

Ceci dit, tu t'en es quand même plutôt bien sorti. Tu es en vie, et ce n'était pas gagné d'avance. Peut-être un jour recroiseras-tu la route de Casse-Noisette, mais alors tu seras mieux préparé.

Pour le moment, tu mérites un peu de repos !

00 : 00

Tu as survécu !

Sais-tu qu'il existe douze autres façons de gagner ? Recommence ton aventure depuis le début pour les découvrir.

09:30

– Bon, même si son bouclier est super puissant, il ne résistera pas à quelques headshots à bout portant au fusil à pompe, déclares-tu avec confiance.

– Méfies-toi, je crois que le headshot est moins efficace avec un fusil à pompe, objecte Diane.

– Ouais, mais niveau dégâts, c'est imbattable à cette distance.

– OK. On tente ça, alors.

Vous vous approchez de Casse-Noisette, l'un par le nord, l'autre par le sud. Il repère ta complice en premier, et elle doit vite fabriquer une barrière pour se protéger de sa rafale d'arme automatique. Ce faisant, il te laisse le champ libre, et tu te positionnes idéalement. Tu prends ton fusil à pompe et vides tes cartouches dans son dos, avant de changer d'arme et de régler ton fusil d'assaut en rafale automatique. Les balles vont le frapper de plein fouet – tu n'as jamais été le plus doué en construction, mais tu sais viser. Toutefois, son bouclier diminue à peine. Tu vois les dégâts qui s'affichent, parfois avec un coup critique, parfois avec un headshot, mais la barre accuse à peine le coup.

– Tu lui as fait plus de 200 dégâts, et il a perdu un cinquième de son shield, grimace Diane. Si je calcule bien, il possède un bouclier de 1 000 points. C'est dégueulasse !

– On peut y arriver si on concentre nos tirs, insistes-tu.

Mais comme s'il lisait dans tes pensées, le milliardaire se retourne enfin. Trop concentré sur ta conversation, trop agacé par cette triche manifeste, tu réagis trop lentement. C'est ton tour de recevoir un coup de fusil à pompe, et tu n'as pas le même bouclier que le sien. Ta vie diminue brutalement, et tu te retrouves à terre. Tu essaies de ramper à l'abri, mais il t'achève d'une balle de revolver avant de s'en prendre à ta partenaire.

– C'est fini pour moi, souffles-tu, incrédule.

– Ça ne va pas tarder pour moi, réplique Diane, la voix tendue.

Elle résiste vaillamment et tente de construire une tour pour prendre de la hauteur, mais le milliardaire fait tout s'effondrer avant de l'achever au sol.

Tu coupes Discord, incapable de dire un mot de plus. Vous avez tout tenté pour gagner, et finalement, vous avez perdu. Devant toi, Casse-Noisette a fini top 1 et exécute le shuffle.

Tu entends le bruit de bottes des gardes dans le couloir

qui viennent te chercher, et tu n'as même plus la force de te défendre. Tu étais si près du but...

PERDU !

Pour retenter ta chance, retourne à la page 5.

19:45

Hors de question de suivre les règles de ce milliardaire complètement taré. Il est temps de prendre ton destin en main. Tu te penches vers Diane et lui murmures à l'oreille :

– Faut qu'on fasse quelque chose. On est presque cent, on peut les prendre par surprise !

Elle acquiesce lentement et relaie ton message à son voisin tandis que tu parles à un autre joueur.

Devant toi, les gardes s'impatientent.

– Allez, dépêchez-vous ! Si vous n'êtes pas en rang dans la minute, je vous promets que...

– À l'attaque ! hurles-tu en interrompant ses menaces.

Tu te jettes en avant, suivi par de nombreux joueurs désespérés. Perturbés, les gardes reculent sous la pression du nombre...

... puis, sans sommation, ils se mettent à tirer. À côté de toi, Diane s'effondre, sa chemise couverte de sang. Un autre joueur tombe, puis un autre encore.

– Tout le monde à genoux, ou je continue ! rugit un garde.

Cette violence soudaine a étouffé la rébellion dans l'œuf. Les prisonniers obéissent, les yeux écarquillés, en essayant de ne pas regarder leurs camarades morts à leurs pieds. Tu sais que tu as perdu la partie, et tu te soumets à ton tour. Un homme de main t'attrape par le col et te soulève, avant de te jeter au sol devant tes compagnons.

– C'est lui qui a initié le mouvement, grogne-t-il. Le boss a pourtant été clair. Tu avais une chance, et tu l'as gâchée. Dommage. Les autres, regardez ce que nous faisons aux fortes têtes... Et tenez-vous à carreau, à présent !

Il pose son arme sur ta tempe, et tout devient noir.

PERDU !

Pour retenter ta chance, retourne à la page 5.

DEAD

03:15

Désespéré, tu fais demi-tour et tu te retrouves devant la plaque de métal que tu as dévissée. Personne n'a encore découvert ta cachette, et tu prends à espérer que tu pourras trouver une corde, revenir sur tes pas et reprendre le fil de ton évasion.

Tu ouvres une porte, une deuxième, sans tomber sur du matériel qui pourrait t'être utile. Malheureusement, la troisième porte t'est fatale : elle donne sur une petite salle des gardes, dans laquelle cinq hommes de main en repos jouent aux cartes en buvant du café.

– Hé, tu n'as pas le droit d'être là ! s'écrie l'un d'eux.

Il se lève d'un bond, et tu as beau essayer de fuir, tu te fais rapidement rattraper.

Hélas, ton aventure s'arrête là. Tu étais si près du but, tu pouvais presque toucher la liberté du doigt. Si seulement tu avais eu une corde...

PERDU !

Pour retenter ta chance, retourne à la page 5.

05:25

– Hors de question, je ne t'abandonnerai pas, déclares-tu en le poussant sur le côté. On va bien trouver un moyen de s'en sortir... à deux.

Slimane hoche la tête, reconnaissant, et vous vous engouffrez dans une rue que tu connais bien. Si tu n'étais pas à ton aise dans le château, cette map, elle, n'a aucun secret pour toi. Malgré l'obscurité, tu avances sans le moindre doute. Tu passes devant le prêteur sur gage, et tu te sers des semi-remorques pour te donner suffisamment de couverture. Le milliardaire n'a pas fait les choses à moitié : chaque bâtiment est au bon endroit, au millimètre près.

Les gardes ne connaissent pas le jeu aussi bien que toi et, malgré leurs lampes torches, tu les entends râler et pester alors qu'ils se perdent dans le dédale des rues.

À côté de toi, Slimane reprend son souffle. Tu as l'impression que le bruit de sa respiration va suffire à alerter toutes les patrouilles.

– Je suis désolé, je suis asthmatique, halète-t-il devant

ton air de reproche. Quoi ? Je suis un champion de Fortnite, moi, pas un coureur olympique !

– En attendant, il va falloir trouver un moyen de se débarrasser de ces gardes, ils sont collants...

Tu cherches désespérément quelque chose, n'importe quoi qui pourrait te servir d'arme, quand ton regard tombe sur de longues tiges de métal au milieu d'une maison en construction. Si tu arrives à prendre tes ennemis par surprise, tu peux espérer les assommer en les frappant derrière le crâne. Headshot !

Au même moment, Slimane te tire par la manche.

– Regarde !

Il te désigne la grue immobile sous la pâle lueur de la lune, et l'espoir renaît en toi. Bien sûr ! Si tu arrivais à utiliser cette grue, cela te donnerait un énorme avantage sur tes ennemis !

– Alors, on fait quoi ? te demande ton ami.

Excellente question.

Si vous prenez chacun une tige de métal et tendez une embuscade aux gardes, va à la page 195.

Si tu préfères monter dans la grue, rends-toi à la page 34.

06 : 10

Hélas, tu as beau chercher, tu ne te souviens pas de la date de création de Fortnite. Ce n'est pas parce que tu aimes y jouer que tu as retenu toute l'histoire du jeu !

Tu essaies un mot de passe, puis un autre, mais aucun ne fonctionne, et une alarme se met à retentir dans tout le château. En désespoir de cause, tu te décides à arracher tous les câbles, un peu au hasard, et tu pousses un soupir de soulagement lorsque les ordinateurs s'éteignent les uns après les autres...

... jusqu'au moment où la salle entière explose en une énorme boule de feu.

Tu as réussi à détruire le centre névralgique du pouvoir du milliardaire, et tu permettras peut-être à certains joueurs d'en profiter pour s'enfuir, bravo. Mais en attendant, toi, tu es aussi cramé qu'un joueur qui se serait raté en sautant à travers les anneaux enflammés du challenge Fortnite avec un caddie de supermarché.

C'est-à-dire très cramé.

PERDU !

Pour retenter ta chance, retourne à la page 5.

04:10

Tu accroches ton tournevis au bout de ta corde et tu la fais tournoyer autant que tu le peux dans cet espace confiné. Tu lances... et tout te retombe en plein visage.

Après trois essais, tu parviens à accrocher un barreau de l'échelle et tu tires. Petit à petit, elle descend vers toi, et tu pousses un soupir de soulagement en récupérant ton tournevis. Tu n'aurais pas cru que tous ces objets s'avéreraient aussi utiles.

Tu escalades sans hésiter l'échelle de secours et tu montes à travers le boyau pendant ce qui te paraît une éternité. Tu butes sur une nouvelle grille, mais tu la retires sans difficulté et, soudain, tu aperçois le ciel étoilé au bout du tunnel.

Émerveillé, tu continues à monter et tu débouches sur le toit du château.

La vue, ici, est stupéfiante. Tu ne te rendais pas compte à quel point ce bâtiment était gigantesque. Il fait presque la taille d'un village à lui tout seul, et tu as la surprise de découvrir une reproduction de Tilted Tower dans le jardin. C'est incroyable... et un peu inquiétant.

Mais ton émerveillement redouble lorsque tu aperçois le véhicule posé sur le toit. Il est au milieu d'une piste de décollage, mais ce n'est ni un hélicoptère, ni un avion, ni Superman[1] ; c'est bien mieux que ça...

C'est une parfaite réplique du bus de Fortnite !

Tu t'approches pour mieux voir, sidéré. Tout est là, imité à la perfection. Dix rangs de fenêtres, des pistons sur les roues, une chaudière de montgolfière et un ballon sur le toit.

Tu montes à bord en t'attendant à tout moment à entendre des alarmes retentir, mais, manifestement, personne ne s'imaginait qu'un intrus arriverait un jour sur le toit. Tu remarques même une clé de contact et tu la tournes aussitôt.

Le moteur se met à ronronner et les brûleurs de la montgolfière se déclenchent.

Devant toi, l'écran de contrôle s'illumine pour te demander un mot de passe. Tu gémis, en te disant que tu vas perdre si près du but, lorsque tu aperçois un Post-it collé près du siège passager.

---

1. Si cette blague te fait rire, c'est que tu es vieux !

Le mot de passe a changé. C'est l'autre jeu préféré du boss.

Fiévreusement, tu tapes « Fortnite », mais, bien sûr, ça ne fonctionne pas. *L'autre* jeu préféré du boss : de quoi peut-il s'agir ? Tu tapes « League of Legends », « Lol », « World of Warcraft », « Red Dead Redemption », sans succès. Tu n'as plus droit qu'à un essai...

Dans un éclair d'inspiration, tu tapes « Minecraft », et tout s'illumine. Des flots de musique techno se déversent par les haut-parleurs.

– Et c'est parti ! t'écries-tu en mettant les gaz.

Lentement, le bus se met à rouler sur la piste, puis il prend de la vitesse. Tu aperçois des gardes, incrédules, qui sortent d'un ascenseur. Ils comprennent vite ce qui se passe et te tirent dessus, mais tu baisses la tête et les balles ricochent contre la carlingue. Bientôt, tu as atteint le bord du toit et tu t'élances dans le vide en priant pour que les ingénieurs du milliardaire aient bien fait leur travail.

D'un seul coup, l'air chaud s'engouffre dans le ballon de la montgolfière, et le bus se met à voler au milieu des étoiles ! C'est une sensation incroyable ! Tu regardes le croissant de lune au-dessus de ta tête, et tu ne peux t'empêcher de rire aux éclats. Tu as l'impression que tu pourrais faire n'importe quoi.

Sur le toit, c'est le branle-bas de combat, mais les gardes

ne peuvent que pousser des cris de rage, impuissants, en te voyant disparaître à l'horizon.

Bravo ! Non seulement tu as réussi à échapper au milliardaire, mais, en plus, tu l'as fait avec style et panache. Et avec une telle preuve, la police ne pourra que te croire quand tu lui raconteras ta mésaventure. Peut-être cela suffira-t-il pour sauver tous tes camarades, ou, en tout cas, pour t'assurer que cet affreux Casse-Noisette ne fera plus d'autres victimes.

Tu peux être fier de toi !

00 : 00

Tu as survécu !

Sais-tu qu'il existe douze autres façons de gagner ? Recommence ton aventure depuis le début pour les découvrir.

03:35

Tu es désolé pour Slimane, mais tu ne vois pas ce que tu peux faire pour l'aider. En plus, c'est bien lui qui t'a suggéré de l'abandonner.

Tu lui donnes une dernière accolade, puis tu l'aides à s'installer derrière un morceau de mur à moitié défoncé. Peut-être les gardes ne le trouveront-ils pas... Tu n'y crois guère.

– Bon courage, Slimane.

– À toi aussi, répond-il avec un pâle sourire. Débrouille-toi pour prévenir la police et faire tomber ce milliardaire taré !

– Promis !

Tu cours de toutes tes forces vers le mur, tu prends ton élan et tu sautes. Tes doigts vont râper les briques du haut et tu assures ta prise de justesse. Tes bras te font souffrir le martyre, mais tu refuses de lâcher. Derrière toi, les cris des gardes suffisent à te donner toute la motivation nécessaire.

Tu serres les dents, et finalement ton pied parvient à trouver une encoche dans le béton abîmé. Tu te hisses d'un seul coup et tu retombes de l'autre côté, à bout de souffle.

Tu te retrouves sur une route départementale, au milieu d'une forêt. Les gardes sont sur tes talons et tu t'enfonces dans les fourrés. Heureusement, eux aussi perdent du temps à escalader le mur, et tu les laisses loin derrière toi.

Tu marches longtemps, longtemps, en suivant la route. Tu prends bien soin de rester dans les fourrés, pour ne pas te faire repérer. Enfin, ta patience est récompensée lorsque tu aperçois un village.

Tu sonnes à la première maison et tu t'effondres dans les bras du père de famille qui ouvre la porte.

– Eh bien, qu'est-ce qui se passe ?! s'étonne l'homme. Tu es dans un sale état ! Tu as fugué ?

– Pas du tout, bredouilles-tu.

Tu essaies de tout lui expliquer : le kidnapping, Casse-Noisette, Slimane, Fortnite, les gardes armés jusqu'aux dents, le briquet qui t'a sauvé la vie...

– Attends, attends, ralentis ! t'interrompt l'homme. Tu as mis le feu à des rideaux ? Tu sais que c'est un délit ?

– Mais vous n'écoutez rien de ce que je vous raconte, ou quoi ? Ils allaient me tuer !

– Les joueurs de Fortnite ?

– Non, les gardes !

– Ah oui, bien sûr, les gardes.

Il est évident que l'homme ne croit pas un mot de ton histoire. Tu le comprends ; à sa place, tu ne te croirais pas non plus. Dans le doute, il appelle la police, et tu entends bientôt des sirènes se rapprocher.

Tu as réussi à échapper aux griffes du terrible milliardaire, mais tu sais déjà que personne n'écoutera ton témoignage. Tout le monde te prendra pour un fugueur, et tout rentrera dans l'ordre sans que le milliardaire soit inquiété.

En tout cas, tu as survécu à cette aventure, et c'est déjà une sacrée réussite !

00 : 00

Tu as survécu !

Sais-tu qu'il existe douze autres façons de gagner ? Recommence ton aventure depuis le début pour les découvrir.

02:40

Tu finis par arriver au commissariat le plus proche, où tu expliques aussitôt au policier de garde tout ce qui t'est arrivé. Bien sûr, il a beaucoup de mal à te croire : un milliardaire devenu tellement fan d'un jeu qu'il aurait kidnappé cent personnes ? Et ce ne serait pas la première fois ! Il n'hésiterait pas à tuer et son manoir serait gardé par des hommes en armes et des pièges.

– Tu as regardé trop de films... ou tu as trop joué à ton jeu, marmonne le policier sans trop s'intéresser à ton histoire.

– J'ai une preuve ! insistes-tu en sortant le disque dur de ta poche.

– Voyons ça, ricane l'homme en le branchant sur son ordinateur. Je te préviens : si tu me fais perdre mon temps, je...

Il s'interrompt, bouche bée, alors que les images des caméras de surveillance apparaissent sur son écran. On aperçoit les candidats terrorisés dans la salle de bal tandis que le milliardaire en costume de Casse-Noisette leur énonce les règles du jeu.

Le policier, blanc comme un linge, saisit son téléphone.

– Il faut que j'appelle ma hiérarchie, c'est trop gros pour moi, cette affaire !

Réveillé en pleine nuit, le commissaire fait irruption, les sourcils froncés.

– J'espère que vous m'avez fait venir pour une bonne raison !

Sa colère se dissipe à la vue des images vidéo. Il prend à son tour son téléphone et appelle le préfet, puis le ministre. Cette histoire remonte jusqu'au sommet de l'État !

– Ne t'inquiète pas, déclare le commissaire en t'apportant une boisson chaude. On va coincer ce salaud. Grâce à tes preuves, on a tout ce qu'il faut pour l'arrêter. Des voitures sont déjà en route vers son château, et on espère arriver à temps pour sauver les autres. Tu as fait du bon boulot !

Tu te laisses bercer par sa voix et, épuisé par toutes ces émotions, tu finis par t'endormir sur le canapé du commissariat.

Oui, tu as fait du bon boulot, bravo !

00 : 00

Tu as survécu !

Sais-tu qu'il existe douze autres façons de gagner ? Recommence ton aventure depuis le début pour les découvrir.

04:45

Tu allonges tes foulées et tu te rends compte que tu cours plus vite que les deux sbires. Malheureusement, ton soulagement est de courte durée : derrière toi, les gardes ne cessent d'appeler des renforts dans leurs talkies-walkies.

Tu tournes à droite, à gauche, de nouveau à droite, et tu te retrouves nez à nez avec une nouvelle patrouille. Elle est aussi surprise que toi, et tu profites de la confusion pour rebrousser chemin, mais tu tombes directement sur tes deux poursuivants. Ils ont beau être à bout de souffle, cela ne les empêche pas de t'arrêter net, d'un direct au visage.

Te voilà par terre, sans souvenir de ta chute, et tu grimaces alors que des mains t'obligent à te relever.

– Tu nous as forcés à courir, mais on t'a attrapé, cette fois ! Et on va te faire passer l'envie de recommencer !

Tu te débats, mais ils sont bien trop nombreux et déterminés.

PERDU !

Pour retenter ta chance, retourne à la page 5.

09:40

Tu fais coulisser le verrou et tu pénètres dans un vrai musée des horreurs !

Cette grande pièce est remplie de cages, du sol au plafond, et plusieurs silhouettes s'agitent à l'intérieur. Tu jettes un coup d'œil à la plus proche et, d'abord, tu crois rêver : ce n'est pas un être humain, mais une créature affreuse, avec un gigantesque sourire plaqué sur son visage couleur sable. Elle n'a pas de nez et ses yeux sont d'un blanc laiteux. Quant à ses sourcils, ils ont été peints en bleu.

– Qu'est-ce que c'est que ça ?! hurles-tu en reculant d'un pas.

Ton dos heurte une autre cage et des griffes manquent de t'ouvrir la nuque. Tu te plaques sur le sol pour les esquiver et tu regardes un autre prisonnier, incrédule. Son visage a été génétiquement modifié : il n'a plus de bouche, plus de nez, plus rien de reconnaissable, à part deux yeux brûlants au milieu d'une tache sombre. Un capuchon est rabattu sur sa tête et des plumes poussent sur ses bras.

Soudain, tu comprends de quoi il s'agit, et de la bile te

remonte dans la gorge : ce sont des répliques grandeur nature... non, des répliques humaines des skins de Fortnite ! La première a été transformée en Ginger Gunner, et la seconde en Raven.

Le monstre étire ses serres à travers les barreaux de la cage pour essayer de t'attraper, mais tu roules sur toi-même et ses ongles métalliques viennent racler le parquet.

Tu te relèves, encore tremblant.

– Qu'est-ce qui vous est arrivé ? murmures-tu, incapable d'en croire tes yeux.

Les grondements autour de toi augmentent au son de ta voix, puis se calment soudain, alors qu'un homme s'avance vers toi. Il n'a plus de peau sur le crâne et des plaques de métal ont été fusionnées avec ses membres pour former une armure. Ses cornes recourbées heurtent les barreaux de la cage, tandis qu'une barbe verte vient lui chatouiller le cou.

Ce skin-là aussi, tu le reconnais : il s'agit de Ragnarök.

– Nous sommes maudits, étranger, grogne-t-il. Nous sommes devenus des monstres pour le bon plaisir de Casse-Noisette.

Sa voix est râpeuse, brisée, comme si chaque mot était une souffrance.

– Casse-Noisette ? répètes-tu.

– Le propriétaire du château. Personne ne connaît son nom, alors on l'appelle comme ça à cause de son déguisement ridicule. Il est complètement fou, totalement obsédé par le jeu.

– Je m'en suis rendu compte, réponds-tu amèrement. J'ai été enlevé pour participer à une partie de Fortnite. Il a dit qu'il tuerait tous ceux qui ne finiraient pas top 1.

Quelques grognements s'élèvent autour de toi, et Ragnarök éclate d'un rire qui ressemble à une toux rauque.

– Il a dit qu'il vous tuerait ? reprend-il. Seulement si vous avez de la chance. Sinon vous finirez comme nous, victimes de ses horribles expériences pour son zoo Fortnite.

– J'étais une fille normale, avant, gémit un monstre dont le visage a été fusionné avec celui de l'Experte des Câlins et dont le corps est parsemé de longs poils roses.

Tu sens une sueur glacée couler le long de ton dos. Ragnarök n'a pas tort : c'est un sort pire que la mort. Tu n'oses pas imaginer la douleur que ces pauvres victimes ont dû subir et leur désespoir au quotidien.

Tu t'approches de la cage pour reprendre la conversation, mais soudain des doigts crochus agrippent ta main. L'homme a été transformé en Monsieur Squelette, et il n'a presque plus de peau sur les os.

– Tuer ! Tuer ! rugit le squelette.

Tu te dégages, effrayé, mais Ragnarök réagit vite, avant que tu ne t'enfuies :

– Libère-nous. Je connais un moyen de s'échapper de ce bâtiment, mais je ne te l'indiquerai que si tu ouvres nos cages en appuyant sur ce bouton, là-haut.

Tu suis la direction de son regard et tu aperçois un gros bouton rouge sous le mot « DANGER ».

– Si j'ouvre vos cages, vous allez me réduire en pièces, protestes-tu.

Tu frémis devant le regard colérique de l'Experte des Câlins, qui se jette de tout son poids contre les barreaux. Le métal grince, mais résiste.

– Je te promets que nous ne te ferons aucun mal, insiste Ragnarök. Notre seul désir, c'est de nous venger de Casse-Noisette.

Il a l'air sincère, mais ses compagnons sont tous plus effrayants les uns que les autres. Tu ne pourras jamais te défendre contre autant de monstres fous de rage.

D'un autre côté, c'est peut-être ta seule chance d'obtenir un précieux renseignement.

Si tu appuies sur le bouton pour ouvrir les cages, va à la page 27.

Si tu préfères quitter la pièce, rends-toi à la page 127.

07:50

Tu ouvres la porte à la volée, prêt à fuir devant le premier danger. Il ne manquerait plus que tout explose !

Mais non, il ne s'agit que d'une petite chambre qui ressemble comme deux gouttes d'eau à celle dans laquelle tu étais captif : le même lit, la même penderie, le même bureau, le même fauteuil de gamer. La seule différence, c'est qu'il n'y a dans celle-ci aucune fenêtre.

Un jeune homme d'une vingtaine d'années est installé devant l'ordinateur. Cela doit faire longtemps qu'il ne s'est pas lavé : ses cheveux sont gras, ses vêtements sales et rapiécés, et une odeur infâme envahit tes narines.

Il tourne vers toi un regard inexpressif, et alors tu le reconnais – cela t'a pris un peu de temps parce que, d'habitude, il est toujours impeccable, propre et bien coiffé. C'est Hermann, l'un des joueurs stars de la team Energy, l'une des meilleures équipes d'e-sport, qui a migré sur Fortnite il y a un peu moins d'un an. Maintenant que tu y penses, cela fait bien trois mois que tu ne l'as plus vu streamer.

Tu supposais qu'il était malade ou occupé. Tu n'aurais jamais imaginé qu'il avait été enlevé !

– Hermann ?! souffles-tu, incrédule.

Une lueur de réceptivité éclaire le regard du joueur, et son air hébété s'efface, pour laisser place à un espoir touchant.

– Tu es là pour me sauver ? demande-t-il. La police est là ?

– Pas vraiment, réponds-tu. Je... euh, je suis tout aussi prisonnier que toi. Qu'est-ce que tu fais là ?

Son sourire enthousiaste disparaît alors, comme il était venu, et il s'affale de nouveau sur sa chaise.

– À ton avis ? Si tu as été enlevé, tu devrais le savoir. On m'a obligé à disputer une partie de Fortnite pour sauver ma peau. J'ai gagné, et je pensais qu'on allait me libérer, mais M. Casse-Noisette – le milliardaire – était fou de rage d'avoir perdu. Il m'a enfermé pour que je lui serve de coach personnel, à raison de douze heures par jour. Et, crois-moi, il était très mauvais, au début ! À me rendre dingue !

– Et il est loin d'ici, ce milliardaire ?

– Pas du tout, sa chambre est à deux pas de celle-ci. Il aime bien me garder à proximité, pour que je lui donne des conseils lorsqu'il a un doute...

Tu as une tonne de questions à poser à Hermann – tu n'en reviens pas d'être ainsi face à face avec l'une de tes idoles –, mais ce n'est pas le moment. Il a l'air à bout de forces ; c'est à toi de prendre le contrôle de la situation.

Si tu lui proposes de retourner dans ta chambre pour défier le milliardaire sur Fortnite, va à la page 141.

Si tu préfères attaquer avec lui le milliardaire dans ses quartiers, rends-toi à la page 144.

15:20

Tu passes devant d'autres chambres, puis, soudain, le couloir tourne et se prolonge sur la gauche. Dans cette aile, il n'y a plus de portes, seulement des murs lisses, moins décorés que les précédents. Le propriétaire des lieux passe sûrement moins de temps dans ces quartiers-là. Ce qui signifie que le coin est peut-être moins surveillé.

Gonflé d'un nouvel espoir, tu presses le pas en espérant trouver une sortie. Tu dépasses plusieurs fenêtres, toutes munies de barreaux. Ce milliardaire est vraiment paranoïaque ! En même temps, il a raison de l'être, vu les crimes qu'il commet...

Soudain, tu aperçois une porte – la première depuis plus d'une minute. Celle-ci n'est pas ornée d'un nom de skin Fortnite, mais d'un écriteau sobre indiquant : « DANGER – NE PAS ENTRER ».

Si tu décides de pénétrer dans cette pièce, va à la page 77.

Si tu continues dans le couloir, à la recherche d'une sortie, rends-toi à la page 78.

00:20

Tu te dissimules derrière un tronc d'arbre et tu essaies de te faire le plus petit possible, en espérant que Diane profitera de ton intervention pour s'enfuir.

Un garde passe à côté de toi en courant, mais il ne t'aperçoit pas dans la pénombre. Le faisceau de sa lampe torche passe sur l'écorce de l'arbre qui te protège, puis disparaît. Tu pousses un soupir de soulagement et surveilles de nouveau les abords du château.

Soudain, alors que tu n'y croyais plus, tu distingues une silhouette pâle qui court pieds nus sur les graviers. Au moment où elle passe devant toi, tu l'attrapes par le bras et elle se retourne pour te donner un coup de poing. Tu bloques son attaque *in extremis*, et vous vous retrouvez dans les bras l'un de l'autre, haletants.

– Hé, c'est moi, ce n'est que moi ! souffles-tu.

– Je t'avais dit de partir sans te retourner, proteste Diane.

– Il faut croire que je me suis retourné, réponds-tu en souriant.

Elle ne proteste plus, et vous vous mettez à courir vers le mur d'enceinte, dernier obstacle entre vous et la liberté.

Les gardes sont nombreux, mais la nuit ne facilite pas leurs recherches, et la propriété est tellement grande que vous finissez par trouver un endroit non surveillé à escalader. Tu fais la courte échelle à ton amie, puis tu te hisses à côté d'elle.

Vous retombez de l'autre côté, sur une route départementale perdue dans la forêt.

– On fait quoi ? On prévient la police ? demande Diane.

– C'est la seule manière de sauver les autres – si on arrive à temps. Est-ce que tu penses qu'ils vont nous croire ?

– On est deux à témoigner, il le faudra bien.

Confiants, main dans la main, vous suivez la route vers votre destin. Si tu avais été seul, ton histoire n'aurait pas été crédible ; mais vous êtes deux, désormais, à raconter les mêmes choses. Tu sais qu'une enquête sera lancée et que le milliardaire sera inquiété.

Peut-être parviendra-t-il à faire disparaître les preuves, mais il sera sans doute obligé de mettre un terme à ses activités illégales.

En attendant, tu es en vie, en liberté, et tu t'es fait une nouvelle amie.

00 : 00

Tu as survécu !

Sais-tu qu'il existe douze autres façons de gagner ? Recommence ton aventure depuis le début pour les découvrir.

12:00

– Par ici ! cries-tu à Lapinette Bagarreuse (pardon, à Slimane). Vite !

Le garçon obéit sans réfléchir, et vous vous mettez à courir dans les couloirs, pourchassés par plusieurs gardes.

– Arrêtez-vous ou je tire ! hurle l'un d'eux.

Compte là-dessus, penses-tu. Les gardes du milliardaire ne sont pas du genre à plaisanter, et tu sais qu'ils vous tueront pour avoir essayé de vous enfuir. Vous n'avez donc plus rien à perdre.

En passant devant un tableau au mur, une idée te vient soudain. Tu t'empares du cadre sans t'arrêter de courir et tu sors un briquet de ta poche.

– Qu'est-ce que tu fais ?! crie Slimane à côté de toi.

– J'essaie de survivre...

Tu passes la flamme du briquet sur la toile, en la protégeant de ton mieux du vent de ta course. Heureusement, la peinture est sèche, et le canevas s'embrase rapidement entre tes mains. Victoire !

Tu attrapes un autre tableau et tu y mets le feu à l'aide du premier, avant de lancer le tout sur les tentures murales. Les flammes semblent hésiter un instant, avant de se répandre dans la pièce, et les magnifiques tapisseries se consument dans une explosion de jaune et d'orange.

Derrière toi, les hommes balancent. Ils voudraient vous rattraper, mais l'incendie risque de se répandre comme une traînée de poudre, et leur patron les tiendra sûrement pour responsables de tous les dégâts. L'un d'eux abandonne la poursuite, puis un autre, et vous vous retrouvez libres tandis que les gardes se précipitent sur des extincteurs.

– Génial ! s'écrie Slimane, les yeux brillants.

– Ouais, mais on n'est pas encore tirés d'affaire, marmonnes-tu.

En effet, la situation se complique : tu es prisonnier dans un château dont tu ne trouves pas la sortie, et les gardes sont désormais en état d'alerte. Vous descendez en catastrophe un escalier avant d'atterrir dans un grand hall. Une porte indique : « JARDIN PRIVÉ – NE PAS ENTRER ».

– On a le choix ? demande Slimane.

– Non, confirmes-tu.

Vous ouvrez la porte... et poussez un cri de stupeur.

Va à la page 119.

03:40

Tu t'empares d'une barre de fer, et Slimane t'imite, même s'il n'a pas l'air convaincu par ce plan. Accroupis dans l'obscurité, vous attendez patiemment que les recherches des gardes les amènent de nouveau dans votre direction.

– Maintenant ! cries-tu au moment où un homme en costume passe juste devant votre cachette.

Tu te jettes sur son dos et abats ton arme improvisée sur son crâne. Le garde vacille, et le coup de Slimane suffit à le mettre à genoux. Tu frappes de nouveau et, cette fois-ci, l'homme perd connaissance.

Tu pousses un cri de victoire et te tournes vers ton deuxième adversaire, mais ton enthousiasme disparaît dans la seconde. Il a eu le temps de reculer d'un pas et de dégainer son revolver. Avec le calme d'un pro, il ne se laisse pas impressionner et tire une balle sur chacun de vous.

Headshot.

IRL.

Tout devient noir.

PERDU !

Pour retenter ta chance, retourne à la page 5.

17:20

Tu avances prudemment dans le couloir. Heureusement, l'épaisse moquette étouffe le bruit de tes pas, et tu te déplaces comme une ombre. Tu aperçois dans un coin une caméra de surveillance, que tu prends bien garde de contourner pour ne pas te faire repérer. Ton cœur bat de plus en plus fort dans ta poitrine, au point même que tu crains que les gardes ne l'entendent.

Au fil de ta progression, tu découvres de plus en plus de portes comme la tienne. Toutes sont blindées et portent chacune un nom de skin Fortnite. Sans surprise, la tienne affichait « Double Zéro ». L'une indique « As des Pistes » ; une autre, « Carburo ». Même des skins rarement utilisés identifient les chambres. Normal : il fallait de quoi baptiser quatre-vingt-dix-neuf joueurs...

Chaque porte possède un verrou extérieur. Tu pourrais en ouvrir une, si tu le voulais, pour tenter de te faire un allié. Mais peut-être préfères-tu continuer ton exploration afin de trouver un moyen de fuir cet endroit inquiétant.

Hésitant, tu t’arrêtes devant une porte indiquant « Lapinette Bagarreuse ».

Si tu décides de la déverrouiller, va à la page 132.
Si tu passes ton chemin, rends-toi à la page 189.

14:20

Tu te souviens de tous les joueurs autour de toi dans la grande salle de bal. Tu as reconnu certains visages, d'excellents streamers et YouTubers. Bien sûr, tu n'es pas mauvais non plus, mais les combats risquent de tourner en ta défaveur. Tu es plutôt précis dans tes tirs, mais tu n'arrives pas encore à construire aussi vite qu'eux, et c'est souvent le nerf de la guerre.

Tout bien pesé, la meilleure solution dans cette situation, c'est de faire profil bas et d'attendre le plus longtemps possible. Tu consultes ta carte et te rends compte avec soulagement que la Tempête est apparue assez loin d'ici.

Tu t'installes confortablement dans un coin et tu ne bouges plus. Par deux fois, des joueurs passent dans la rue à côté de toi, mais tu ne prends aucun risque. Tu as peu de munitions, chacune devra compter.

Dans la ville, les tirs se multiplient, vont crescendo, puis diminuent. Tu surveilles ton écran : vous n'êtes déjà plus que dix-neuf joueurs, et tu n'as pas eu à tirer un seul coup de feu.

Seulement il va peut-être te falloir bouger si tu ne veux pas finir dans le dernier carré sans le moindre stuff. À la différence d'une partie normale, dans celle-ci, finir deuxième n'a aucun intérêt, puisque seul le vainqueur aura la vie sauve.

Soudain, tu aperçois un joueur blessé qui te tourne le dos. Il n'a pas remarqué ta présence et avance en sautant pour éviter les snipers comme toi. Machinalement, tu essaies de le prendre dans ton viseur, sans grand succès, quand, subitement, il s'accroupit près d'un mur, puis reste immobile.

Incrédule, tu regardes mieux. Pourquoi a-t-il stoppé ainsi ? Soudain, tu comprends : il est en train de boire une potion ! C'est le moment !

Sans hésiter, tu ajustes ton tir et appuies sur la détente. Touché ! Tu pousses un cri sauvage en voyant le joueur s'effondrer. Après quelques secondes d'hésitation, tu descends looter son corps, puis tu reviens rapidement à l'abri avec toutes ses possessions intéressantes. Tu bois une potion de bouclier et tu vérifies l'état de tes munitions. Parfait : tu disposes désormais d'un fusil d'assaut et d'un fusil à pompe, pour le cas où on t'attaquerait à courte portée.

Tu commences à te dire que tu as fait le bon choix et que

tu vas peut-être survivre à cette partie, lorsque tu entends du bruit au rez-de-chaussée de ta planque.

Quelqu'un a dû te repérer et essaie de te tendre une embuscade !

Comment comptes-tu réagir ?

Si tu décides de l'attendre et de, toi aussi, lui tendre un piège, va à la page 100.

Si tu préfères fuir et changer de bâtiment, rends-toi à la page 89.

30 MINUTES POUR SURVIVRE

Si cette aventure t'a plu,
découvre vite les autres titres
de la série !

30 minutes de lecture.

30 issues possibles.

Toujours plus de danger !

30 MINUTES POUR SURVIVRE

Panique en altitude

Tu es à bord du train le plus rapide du monde. Face à toi, un col de montagne si abrupt que les rails s'élèvent à la verticale. Le démarrage est brutal, l'accélération foudroyante. Soudain, un hélicoptère surgit et se pose sur le toit. Le train est pris d'assaut, tu dois réagir !

Piège en haute mer

Tu es en pleine session de surf au milieu de l'océan. Soudain, l'ombre menaçante d'un requin se dessine sous les eaux. Au même moment, une explosion déchire le rivage à quelques centaines de mètres de toi. Une énorme vague te projette en direction de la gueule béante du requin. Tu dois réagir !

Braquage sous haute tension

Tu patientes au guichet d'une grande banque. Du coin de l'œil, tu aperçois trois individus suspects qui se faufilent à l'intérieur. Soudain, le cri assourdissant de l'alarme retentit dans tout le bâtiment. L'un des braqueurs neutralise les caméras, un autre sort une grenade et vous ordonne de vous allonger face contre terre. Tu dois réagir !

Le zoo de tous les dangers

Tu es en vacances sur une île perdue, dans le plus grand zoo du monde. Soudain, la foule qui t'entoure se met à hurler et courir vers les sorties. Un lézard géant fonce dans ta direction, la mâchoire claquante. Dans quelques secondes, la créature va t'écraser, ou pire... Tu dois réagir !

L'attaque du robot géant

Tu t'apprêtes à rejoindre tes amis dans le centre-ville. Soudain, la rue s'ouvre en deux juste devant toi, et un gigantesque robot en sort, prêt à tout détruire sur son passage. Et, malheureusement pour toi, c'est exactement là que tu te trouves. Tu dois réagir !

Le temple maudit de Cetho Wukir

Tu te trouves dans la jungle devant le temple sacré de Cetho Wukir. Tu t'enfonces à pas feutrés dans ce sanctuaire mythique quand, soudain, le sol se dérobe sous tes pieds. Tu dégringoles dans une fosse putride qui se remplit d'eau à toute vitesse. En quelques secondes, tu en as déjà jusqu'aux genoux. Si tu ne fais rien, tu vas finir noyé... Tu dois réagir !

Dans l'enfer de Fortnite

Tu es condamné à participer à la prochaine édition de Fortnite. Les règles, tu les connais : il n'y en a aucune. Des cent joueurs présents dans le bus de combat, un seul ressortira vivant. Tu n'as pas le choix, tu vas devoir te battre si tu veux sauver ta peau... Tu dois réagir !

Retrouve la série
30 MINUTES POUR SURVIVRE
sur instagram :
@30minutespoursurvivre

Composition : IGS-CP
Impression : CPI Bussière en mai 2019
Éditions Albin Michel
22, rue Huyghens, 75014 Paris
www.albin-michel.fr
ISBN : 978-2-226-44220-8
N° d'édition : 23495/01 – N° d'impression : 2042871
Dépôt légal : juin 2019
Loi n° 49-956 du 16 juillet 1949 sur les publications destinées à la jeunesse.
Imprimé en France